第一王女ルシアの帰還と華麗なる快進撃《マーチ》

海の守護騎士《チェルン＝ボート》との出逢い

石田リンネ

B's-LOG BUNKO
ビーズログ文庫

Contents

第一王女ルシアの帰還と華麗なる快進撃《マーチ》
海の守護騎士《チェルン＝ボート》との出逢い
ルシア
フォルトナート王国の第一王女。
側室の子として生まれ
他国の王太子と婚約し
留学していた。
婚約者の病死を機に帰国する。
フェリックス・
アシュフォード
アシュフォード公爵家の嫡男。
未来の王配として王女たちとは
平等に接しているが、
ルシアには惹かれるものが
あるようで……？
Character

オリヴィア

第二王女。王妃フィオナの娘。

イザベラ

第三王女。第二王妃ベアトリスの娘。

エヴァンジェリン

第四王女。オリヴィアの同母妹。

アンナベル

第五王女。イザベラの同母妹。

メリック・ストーム

チェルン＝ポート議会議長の息子。
ルシアの片腕として働く。

セリーヌ

海軍将軍レオニダスの娘。
ルシアの侍女となる。

イラスト／壱子みるく亭

プロローグ

緑豊かな大地を持つフォルトナート王国の現国王エドワードには、五人の娘《むすめ》がいる。

第一王女ルシアは、エドワードと側室の間に生まれた子だ。

ルシアはエドワードにとって待望の第一子だったけれど、そのあとすぐエドワードと王妃の間に第二子が誕生したため、父親の愛を一身に受けることができたのはわずかな期間だけだった。

そして、エドワードは長女ルシアを王位継承《けいしょう》権《けん》争いの火種にしないよう、アルジェント王国の王太子《おうたいし》アレクサンドルと婚約《こんやく》させることにする。

物心つく前にアルジェント王国の未来の王妃《おうひ》となることが決定したルシアは、アルジェント王国に幼い頃から慣れておいた方がいいという理由で、早くから留学することになった。

ルシアのアルジェント王国への留学は六歳のときに始まった。それからあっという間に十年が経《た》った。ルシアはこの十年の間に、きらきらと輝《かがや》く金髪《きんぱつ》と神秘的な菫色《すみれいろ》の瞳《ひとみ》を持つ、誰《だれ》もが認める美しい女性に成長する。

しかし今、その輝きは失われてしまっていた。

――弔《とむら》いの鐘《かね》の音《ね》が聞こえる。

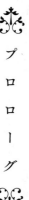

今日はルシアの婚約者《こんやくしゃ》であるアレクサンドルとの最後の別れの日だ。

ルシアは手に持っていたハンカチをぎゅっと握《にぎ》った。

「……アレク」

棺《ひつぎ》の中で心優《こころやさ》しい年下の婚約者が眠《ねむ》っている。

アレクサンドルは元々身体《からだ》が弱く、よく熱を出していた。彼が熱を出す度《たび》に、ルシアは神に祈《いの》っていた。神さま、私がその試練を引き受けます。だからアレクを助けてください……と。

(神は私たちに試練だけをお与《あた》えになる)

結局、アレクサンドルは神の下《もと》へ旅立ってしまった。

六歳からアルジェント王国で過ごしていたルシアにとって、アレクサンドルは家族という感覚になっている。弟がいたらこんな感じだろうと、いつも愛情を持って接していた。

「ルシア姫《ひめ》……わざわざありがとう。貴女《あなた》は葬儀《そうぎ》に参列する必要がないのに……」

アレクサンドルの母である王妃ローラが、涙《なみだ》を堪《こら》えながらルシアに声をかけてくる。

ルシアはローラの手をそっと握った。

「お気遣《きづか》いありがとうございます。この葬儀が終わるまで、私はアレクサンドル王太子殿《でん》下《か》の婚約者です。どうか最後まで見届けさせてください」

婚約者を亡《な》くしてしまったルシアは、アルジェント王国に留学しているだけの部外者だ。

本当はこんなに近くで別れを告げることはできない。

──貴女はまだ若い。アレクのことは忘れて新しい人生を歩みなさい。婚約した事実をなかったことにするためにも、このままフォルトナート王国に帰った方がいいわ。

ローラは葬儀前にルシアへ優しい言葉を送ってくれたけれど、ルシアはそれに従わなかった。今は皆《みな》と共にアレクサンドルの死を悲しみたかったのだ。

「皆さま、最後のお別れを」

大司教の呼びかけで、皆が棺の周りに集まってくる。

ルシアは悲しみを堪《こら》えながら、ハンカチに包んでいたものをそっと棺の中に入れた。

「それは……！」

誰かが息を呑《の》む。棺の中に入れられたのは、美しい金色の髪《かみ》だったからだ。

この場にいる全員がルシアの黒い帽子《ファシネーター》と黒のヴェールを見つめる。ずっと隠《かく》されていてわからなかったけれど、もしかして……とざわついた。

「アレクが寂《さび》しくないように、せめてこれを……」

ルシアはアレクサンドルと一緒《いっしょ》に神の下へ行けないけれど、彼と過ごした間に伸《の》びたこの髪だけは連れて行ってほしい。

ルシアの気持ちは皆に伝わり、啜《すす》り泣《な》きの声が一層大きくなった。

アレクサンドルの葬儀が終わったあと、ルシアは王太子妃《ひ》の宮に戻《もど》る。

心配そうな顔をしている女官たちに大丈夫《だいじょうぶ》だと言い、一人にしてもらった。

「……これから私はどうなるのかしら」

ルシアは鏡台の前に座り、帽子《ファシネーター》とヴェールを外す。当然のことだけれど鏡には疲《つか》れた顔が映っていた。

「酷《ひど》い顔……」

こんな顔をしていたら誰だって心配するだろうと苦笑《くしょう》したとき……。

『──だって貴女は、みんなに心配されたかったんでしょう?』

鏡の中のルシアが、こちらを見て笑う。

ルシアは驚きのあまり眼を見開いた。

『悲劇の王女になりたかったから、ここに残ってもいいと言われたかったから、髪の毛をわざと切ったのよね』

ルシアの喉《のど》がひゅっと鳴る。

なにかを言おうとしたけれど、言葉にならなかったのだ。

『フォルトナート王国に帰っても、貴女を歓迎《かんげい》する人はいない。母親も乳母《うば》も亡くなってしまった。アルジェント王国が用意してくれた侍女《じじょ》は置いていかないといけない。貴女は一人で帰るし、帰っても一人きり』

ルシアの手が震えた。その通りだった。自分は孤独《こどく》だ。

『帰ったところで、どうやっても王位継承権は得られないし、便利な駒《こま》として父親に利用されるだけ。心の傷が癒《い》えないうちに次の婚約者を与えられるか、使えないと判断されて修道院行きか、どちらになるのかしら』

鏡の中のルシアが口に手を当て、ふふふと笑う。

『留学先で努力し続けて周りから認められ、やっと幸せになれると思ったのに、婚約者の死によってまた一からやり直しなんて』

ルシアは鏡台に手をついた。足下《あしもと》がぐらぐらと揺《ゆ》れている気がする。椅子《いす》に座っていなかったら、みっともなく床《ゆか》に這《は》いつくばっていたかもしれない。

『本当に可哀想《かわいそう》。貴女は世界で一番可哀想な王女だわ』

「……やめて！」

ルシアは鏡の中の自分に向かって叫《さけ》ぶ。

何度か首を振《ふ》り、鏡の中にいる自分の声を聞きたくないと示した。

しかし、ルシアは感情的になった自分をすぐに恥《は》じて、深呼吸を繰《く》り返《かえ》す。

「お願い、やめて……」

鏡の中のルシアは、自分の心そのものだ。

小さい頃《ころ》から弱ったときに出てきて、自分を可哀想だと何度も言ってきた。

「……私は、愚《おろ》かで弱い人間だわ」

立派な王妃になると何度も褒《ほ》められてきたけれど、自分を可哀想だと慰《なぐさ》めている今の自分は、あまりにも情けなかった。


フォルトナート王国の王宮に、アルジェント王国からの早馬《はやうま》が到着《とうちゃく》した。

早馬に託《たく》されたルシアの手紙には、王太子アレクサンドルが病で亡くなったことや、フォルトナート王国を代表して葬儀に参列することが書かれていた。

そして――……葬儀が終わったら帰国することも。

「……ということだ。まだ悲しみが癒えていないだろう。皆でルシアを気遣うように」

王家の夕食会にて、国王エドワードから第一王女ルシアの帰還《きかん》が改めて告げられた。

食後の茶を楽しんでいた王妃や王女たちは、「はい」と返事をする。

エドワードはその返事に満足し、席を立った。

「……今更《いまさら》帰ってくるなんて」

エドワードが退出すると、王妃フィオナは忌々《いまいま》しいと言わんばかりに勢いよくカップを置く。

「オリヴィア、エヴァンジェリン、行くわよ」

「はい」

「はぁい」

王妃フィオナの実子である第二王女オリヴィアと第四王女エヴァンジェリンは立ち上がり、フィオナについていった。

廊下に出たエヴァンジェリンは、母と姉のうしろを歩きながらくすくすと笑い始める。

「この歳《とし》で独《ひと》り身《み》になったルシアお姉さまが可哀想〜。婚約者の代わりに死んであげればよかったのに」

さらりと酷《ひど》いことを言うエヴァンジェリンを注意したのは、フィオナだった。

「エヴァ、もう少し言葉を選びなさい。貴女は王女なんですよ」

「はぁい。でもお母さまだって、ルシアお姉さまに帰ってきてほしくないでしょう？」

「ええ、勿論《もちろん》よ。女王になるのは私の子であるべきだわ。……あぁ、そんな顔をしないで、愛しいオリヴィア。貴女たちのお祖父《じい》さまに今後のことを頼《たの》んでおくから心配しなくていいのよ。ルシアには側室の子という立場を思い知ってもらわないといけないわね」

フィオナの言葉に、オリヴィアは頷《うなず》く。

「お父さまの子は王女のみ。ならば、幼い頃から帝王学や剣術を学んできた私が王になるべきです。他国の次期王妃としてちやほやされるだけだったルシアお姉さまには務まりません」

フィオナはオリヴィアの頼もしい言葉に感動し、愛《いと》しい我が子を守らなければならないと改めて決意した。

部屋に残された第二王妃ベアトリスと第三王女イザベラは、茶を飲みながら今後について話し合った。

「……イザベラ、どんな手を使ってもルシアを王宮から追い出すわよ。絶対に」

ベアトリスは、ルシアへの憎《にく》しみを隠すことはない。

今、次の女王は『第二王女オリヴィアか第三王女イザベラか』と言われている。

それが『第二王女オリヴィアか第一王女ルシアか』になったら困るのだ。

「わかっています。とりあえずルシアお姉さまを徹底的に調べておいてください」

「お父さまに頼んでおくわ。今後のことも相談しないといけないわね」

イザベラはにぃと笑った。姉に恨《うら》みはないけれど、王位継承権争いに加わるかもしれないのなら、酷い目に遭《あ》ってもらわなければならない。

「ああ、イザベラ。アンナベルにもこの話をしておいて。いいわね」

「……はい」

イザベラは茶を飲み終わったあと、同母妹である第五王女アンナベルの部屋に向かう。

アンナベルは今日も夕食会にこなかった。イザベラは愚図《ぐず》で引きこもりの妹に苛々《いらいら》してしまう。

(なんで私がこんなことを……！)

イザベラは舌打ちしたいのを堪えながら、アンナベルの部屋の前に立った。

「アンナは？」

部屋の中に声をかければ、アンナベルの侍女が出てくる。

「イザベラ王女殿下……！　その、アンナベル王女殿下の具合はあまりよくなくて……」

「どうせ仮病《けびょう》でしょう？　入るわよ」

イザベラはアンナベルの部屋のドアを勝手に開け、中に入った。

アンナベルの侍女が慌《あわ》ててついてくるけれど、下がっていなさいと冷たい声を放つ。

「アンナ、引きこもるのもいい加減にしなさい」

イザベラがアンナベルの寝室《しんしつ》のドアを開ければ、シーツを被《かぶ》って丸くなっているアンナベルがベッドの上にいた。

アンナベルはびくりと身体を震わせたけれど、なにも言わない。

「返事ぐらいしたらどう？　いつまでも本当に愚図なんだから」

イザベラは仮病を使って引きこもっている妹に呆《あき》れつつ、長女ルシアが帰ってくるという話を聞かせる。

「久しぶりに再会するルシアお姉さまを歓迎しないとね」

イザベラはそんなことを言いながら、寝室に置かれていた花瓶《かびん》から白い花を抜《ぬ》き取《と》り、容赦《ようしゃ》なく花の部分をちぎった。イザベラの手から白い花びらがはらはらと落ちていく。

「勿論、あんたも歓迎してあげるのよ」

イザベラは、床に散らばった花びらを見て満足気に頷く。

「その頭を使うことだけが取り柄《とえ》なんだから、しっかりやりなさい。ルシアお姉さまが泣きながら喜ぶようなことをしてあげましょう」

そして、妹を気遣う言葉を口にすることなく去っていった。

「…………」

アンナベルは、ドアが閉まると同時にベッドから降りる。

床に散らばった白い花びらを見た途端《とたん》、頭の中がかっとなった。

花瓶の花を掴《つか》み、ちぎり、ばらばらにする。

「……みんな、こんな風に死んじゃえばいいのよ！　ルシアお姉さまも！」

白い花の上に色とりどりの花を散らしたアンナベルは、憎しみをこめて叫んだ。

第一章

フォルトナート王国の第一王女ルシアは、アルジェント王国の王太子《おうたいし》アレクサンドルの葬儀《そうぎ》が終わったあと、母国へ向かう馬車に乗った。

黒いヴェールに黒いドレスを身につけているルシアを見て、アルジェント王国の王妃《おうひ》ローラはそこまでしなくてもいいと言ってくれたけれど、ルシアは首を横に振《ふ》る。

国に帰れば、アルジェント王国へ墓参りに行くことは難しくなるだろう。場合によっては、婚約《こんやく》していた事実もなかったことにされるはずだ。

――せめてこのぐらいのことはしたい。

ルシアは、今だけでもアレクサンドルを精一杯《せいいっぱい》悼《いた》みたかった。

(これから私はどうなるのかしら。いっそ自分から修道院に入りたいと言って、アレクに祈り続けた方がいいのかもしれない)

この身に待つのは、第一王女という価値だけを求めている者との結婚のような気がする。

(アルジェント王国では、よき王妃になることだけを目指していればよかったのに……)

ルシアがあの幸せだった日々に戻れないことを改めて実感したとき、馬車が大きく揺《ゆ》れた。思わず椅子《いす》に手をつければ、馬の嫌《いや》がるような嘶《いなな》きが聞こえる。

「なにがあったの!?」

ルシアが馬車の外に声をかければ、護衛の兵士が緊迫《きんぱく》した声を出した。

「襲撃《しゅうげき》です！　外に出てはなりません！」

——囲め！　馬車を守れ！

——陽動に気を付けろ！　二人一組になれ！

外から聞こえてくる声に、ルシアは眼《め》を見開いた。

今、自分は金のかかっている馬車に乗っている。訓練された護衛もいる。

盗賊《とうぞく》はこの馬車に手出しするのを躊躇《ためら》うだろう。勝てる相手ではないからだ。

（もしかして……？）

ルシアを襲《おそ》ったのは、勝てる相手かどうかを見定めることができない愚《おろ》かな盗賊ではなく、それでも襲わなければならない人物なのかもしれない。

——フォルトナート王国では、王女たちによる王位継承権争《けいしょうけん》いが激しくなっている。

フォルトナート王国の侍従長《じじゅうちょう》からの手紙には、そのことを匂《にお》わす話が時々書かれていた。

異国に嫁《とつ》ぐ予定だった第一王女が国に帰ってきたら、王位継承権争いが更《さら》に激しくなると誰でも思うだろう。妹のうちの誰《だれ》かが、早いうちにルシアを排除《はいじょ》しようとしているのかもしれない。

（万が一のときは……）

ルシアは護身用の短剣《たんけん》を引《ひ》き抜《ぬ》く。いざとなったら、命乞《いのちご》いをせずに喉《のど》を貫《つらぬ》いてやろう。アレクサンドルの横に埋葬《まいそう》してほしいという遺書を残せなかったことだけが残念だ。

ルシアが短剣を握《にぎ》りしめていたら、外で一際《ひときわ》大きな歓声《かんせい》が上がった。

「あっ！　貴方《あなた》さまは……!?」

「加勢する！　油断するな、まだ終わっていない！」

「ありがとうございます！　おい、一人は生かしておけ！」

どうやら親切な者が加勢してくれたらしい。

形勢は一気に逆転したようで、味方の勇ましい声ばかりが聞こえてくる。

ここからはもう後始末の音が響《ひび》いてくるだけになった。

（どこの誰かしら。お礼を言わないと）

ルシアは自ら馬車の扉《とびら》を開ける。

護衛の兵士たちは慌《あわ》ててルシアを止めにきた。

「ルシア王女殿下《でんか》！　もうしばらくお待ちください！」

「もう終わったんでしょう？　手を貸してくれた方がいたようだけれど」

親切な人を探してルシアが周りを見れば、加勢してくれた人物はすぐにわかった。

——赤髪《あかがみ》の見目麗《みめうるわ》しい青年。

どこかで会ったような気がするけれど、思い出せない。

「ルシア王女殿下ですね」

青年はルシアと眼が合うなり、恭《うやうや》しく騎士《きし》の礼を見せる。

「アシュフォード公爵家《こうしゃくけ》の嫡男《ちゃくなん》、フェリックスと申します。どうかお見知り置きを」

「……アシュフォード公爵家」

ルシアは、フェリックスと話したことはない。

けれども、幼い頃《ころ》にアシュフォード公爵を見たことはあった。彼に似ているから覚えがあったのだろう。

（フェリックスはたしか……）

侍従長からの手紙に、フェリックスの名前は出ている。

『妹姫《いもうとひめ》さま方と仲良くしている』という書き方をされていたので、つまりフェリックスは——……〝未来の王配《おうはい》〟だ。

「フェリックス、助かったわ。……それで、貴方がここにいるのはなぜ？　この辺りに用事でも？」

妹の誰かと結婚する予定のこの男が、わざわざルシアへ会いにくるはずがない。王命か公爵家の用事かで偶然《ぐうぜん》すれ違っただけだろうと思ったけれど、フェリックスは肩《かた》をすくめた。

「ルシア王女殿下に早く拝謁《はいえつ》したかったんです」

「私に？」

「はい。それに、俺がいれば抑止力《よくしりょく》になるかな……と」

ルシアはどういうことだと尋《たず》ねたかったけれど、その前に「危ない！」という声が聞こえてくる。はっとして振《ふ》り返《かえ》れば、木に縛《しば》り付《つ》けられている男がいた。

「おい、自害させないように気を付けろ」

「刃物《はもの》や毒を持っていないか調べた方がいい」

どうやら捕《と》えられた襲撃犯《しゅうげきはん》が、自害しようとしたらしい。

ルシアは立ち位置に気を付けながらその男の近くまで足を運び、顔を隠《かく》している布を取れと命じようとした。

しかしそのとき、ドッという鈍《にぶ》い音と共に赤い色が飛び散る。

「……!?」

「王女殿下！」

「誰だ!?　追え！」

ルシアはため息をついた。

矢が飛んできた。けれどもそれはルシアを狙《ねら》わず、捕えられた襲撃犯の頭を貫いた。

ルシアが矢に狙われない位置をしっかり選んでいたので、別のところにいた襲撃犯の仲間は口封《くちふう》じを選んだのだろう。

「ため息しか出てこないわね」

ルシアが呆《あき》れ声を出せば、フェリックスはにやりと笑う。

「眼の前で人が死んでも、〝ため息〟ですか」

「冷たい女で悪かったわね。アルジェント王国で色々あったのよ」

「いいえ、俺にとってはその冷たい眼も冷めた態度も好ましいですよ。寧《むし》ろ、うるさいのは嫌《きら》いなので」

「そう」

ルシアは無造作に頬《ほお》を触《さわ》る。先ほど、襲撃犯の血が飛び散ったときに、ルシアの頬に生温かいものがかかっていたのだ。そして予想通り、手袋の先に血がついた。

「…………」

ルシアは頬を血で汚《よご》したまま、ついと顎《あご》を上げる。

神秘的な菫色《すみれいろ》の瞳《ひとみ》が、フェリックスの顔を捉《とら》えた。

そして、瞬《まばた》きをひとつ。

「ぬぐって」

「……仰《おお》せのままに」

フェリックスは真っ白なハンカチを取り出し、ルシアの頬を丁寧《ていねい》にぬぐう。

髪にも少し血がはねていたのか、フェリックスはルシアの髪を一房《ひとふさ》すくい、紅薔薇のように鮮《あざ》やかな赤色を取り除いてくれた。

フェリックスの指がルシアの金髪《きんぱつ》から名残惜《なごりお》しそうに離《はな》れれば、ルシアの髪はさらりと何事もなかったように戻る。

そのときフェリックスは、なんだか残念な気持ちになってしまった。

「馬車に戻るわ」

ルシアが歩き出そうとしたら、フェリックスはさっとルシアの手を取る。

足下があまりよくないので、エスコートをしようと思ったのだ。

「ああ、先ほどの『抑止力の続き』ですが……」

そして、フェリックスは中断した話を再開しようとした。

「今ここで？」

「はい。今ここで。その方がご理解いただけると思うので」

フェリックスは、麗《うるわ》しい顔をルシアに向けてにこりと微笑《ほほえ》む。

ただし、ルシアを見ているようで、見ていない。


「──俺は、こういうことを平気でするルシア王女殿下の妹姫たちが嫌いなんです」

フェリックスは、今回の襲撃犯の正体を言い切った。

ルシアは、「そんなことはないでしょう」という言葉を口にできない。そうかもしれないと思っていたからだ。

（王位継承権争いが激しくなっているのなら、婚約者を失って帰ってくる長女の私は妹たちにとって目障《めざわ》りだわ）

しかし、ここでああだこうだ言っても、証拠《しょうこ》はなに一つない。ルシアは黒幕《くろまく》の話を後回しにして、まずはフェリックスに事実を改めて告げる。

「私は、その妹姫たちの姉だけれど」

「ははっ！　そうでした！」

フェリックスは先に馬車の中へ入り、ルシアの手を引っ張った。

「多分、俺たちはお友達になれそうな気がするんですよねぇ」

ルシアはフェリックスの手を借りて馬車に乗りながら、面倒《めんどう》な言い回しにため息をつきたくなる。

王族や貴族の会話は、直接的な表現を避《さ》けるものだ。

王族としての教育を受けているルシアは、フェリックスの言いたいことをきちんと理解できた。

（つまり、私もすぐ妹が嫌いになる……ということね）

ルシアは、自分の命を狙ってきた妹たちの姿を想像する。

六歳のときに国を離れたあと、帰国できたのは一度きりだったので、妹たちの顔はぼんやりしていた。


「……馬車を変えましょうか？」

馬車の中から景色をぼんやり見ていたルシアは、フェリックスの声で幸せな思い出の世界から戻ってくる。

「私は貴方がいてもいなくても構わないわよ」

「護衛のつもりで馬車の中まで押しかけたんですが、ルシア王女殿下のお気持ちに配慮《はいりょ》できなかったようです」

ルシアはフェリックスの言葉の意味がわからず、首を傾《かし》げてしまった。それに合わせて、短くなった金色の髪がさらりと揺れる。

「この度《たび》はお悔《く》やみ申し上げます。残念でなりません」

ルシアは眼を伏《ふ》せ、膝《ひざ》に置いていた拳《こぶし》に力を少し入れた。

「……ありがとう。そこまで気遣《きづか》わなくてもいいわ。この黒いドレスも、王宮へ入る前に着替《きが》えるつもりだから心配しないで」

黒いヴェールを被って黒いドレスを着ているルシアは、フェリックスからは気の毒な薄《はっ》幸《こう》の女性のように見えているのだろう。

しかし、悲しくて涙が止まらないという状態は流石《さすが》にもう終わっている。

「では、ルシア王女殿下が楽しくなるような話でもしましょうか？」

「……そうね。お願いしようかしら」

ルシアは先ほどまでの己の行動を反省する。悲しみに暮れるのは一人のときでいい。ルシアを心配してくれるフェリックスがいるのだから、フェリックスをもっと気遣って、気まずくならないようにすべきだった。

「留学中、妹姫さまたちとは連絡《れんらく》を取り合っていましたか？」

「いいえ。でも、素敵《すてき》な文通相手がいたわ。彼に母国のことを教えてもらっていたの」

ルシアは家族に手紙を書いていたけれど、その返信をしていたのは父でも妹でもなくて侍従長《じじゅうちょう》だった。

彼はフォルトナート王国の出来事や家族の話を教えてもいい範囲《はんい》で知らせてくれた。

次第《しだい》にルシアは、父親宛《あて》というよりも、侍従長宛の手紙を書くようになった。相手もきっとそれに気づいているだろう。

「なら、最近あった愉快《ゆかい》な話はご存知なさそうですね。実はこの間の舞踏会《ぶとうかい》で、年若い淑女《しゅくじょ》たちが喧嘩《けんか》をしていたんです」

「……その喧嘩に妹が関係していたの？」

フェリックスの楽しくなるような話というのは、くだらない下世話な内容なのだろうかとルシアは少し警戒する。

「まぁまぁ、最後まで聞いてみてください。喧嘩をしていた二人のドレスの色がどちらも黄色だったんです。そしてデザインもよく似ていた。真似《まね》した、いやしてないの口論になり……」

「よくある話ね」

社交界において、誰かと似すぎたドレスをうっかり着てしまった場合、身分の低い方が遠慮《えんりょ》しなければならない。

ルシアはこのマナーをくだらないと思いつつも、他の淑女へ恥《はじ》をかかせないように、事前に自分のドレスの色を周囲にそっと教えていた。

「一方は第二王女のオリヴィア王女殿下と仲のいい女性で、もう一方は第三王女のイザベラ王女殿下と仲のいい女性でした。王女殿下たちは楽しそうに高みの見物をしていたんですが、俺が不快であることを示した途端《とたん》、二人の喧嘩を止めようとしたんです」

「貴方は本当に不快だったの？」

ルシアの確認《かくにん》に、フェリックスはヒュウと口笛を吹《ふ》く。

「最終的に俺の取り合いになることをわかっていたから不快になったんですよ。これがただの喧嘩だったら、俺は口笛を鳴らすし、手を叩《たた》くし、床《ゆか》を踏《ふ》み鳴《な》らして喜びます」

妹のことが嫌いだと姉であるルシアにはっきり言うだけあって、フェリックスは『ただの善人』ではないようだ。

気まずいままにしておいた方がよかったかもしれない、とルシアは思ってしまう。

「王女殿下たちは『はしたないですよ』と言いながら、淑女の肩をこう叩いたんです。ぽんとね」

フェリックスは右手を軽く動かしたあと、くるりとひっくり返す。

「どこの誰の悪戯《いたずら》かはわかりませんが、喧嘩をしていた淑女たちの黄色のドレスに花粉がべったりついていたんです。そのせいで、王女殿下たちの白い手袋《てぶくろ》にも黄色の花粉がべったりとついてしまいました」

「……どこの誰の悪戯なの？」

「それはわかりません。王女さまたちは手袋の花粉に慌てました。そのせいでドレスにも花粉がつき、着替えるために退出したわけです。第四王女のエヴァンジェリン王女殿下も、オリヴィア王女殿下をお慰《なぐさ》めするためにあとを追って退出しました」

ルシアは、これはどちらかといえば気の毒な話ではないだろうか……と思ってしまった。

「その日の舞踏会は、実に平和でした。久しぶりに空気がぎすぎすしておらず、皆がダンスとお喋《しゃべ》りをただ楽しんだわけです。どうです？　とても楽しい話でしょう？」

フェリックスに同意を求められ、ルシアは困ってしまう。

妹のことをよく知らないので、楽しい話には思えなかった。

「……普段《ふだん》の舞踏会は、空気がそんなによくないの？」

「ええ、それはもう。王位継承権争いをしている王女殿下たちの顔色窺《うかが》いをしなければならないですからね。二人を仲裁《ちゅうさい》しようとしたり、どちらにもつかなかったりしたら、どちらにもにらまれる。だったら片方だけににらまれた方がまだいいですよ」

ルシアは、王宮へ帰るのが憂鬱《ゆううつ》になってきた。

そこまで険悪な仲になっている妹たちの中に、『長女』が帰還《きかん》するのだ。

にらまれるのならせめて片方だけにしたい……と思った貴族たちの気持ちがよくわかる。

「今はまだ楽しい話ではないでしょうけれど、あと少し経《た》てば楽しい話になりますよ」

フェリックスの話は、そこからは一般的《いっぱんてき》な『楽しくなるような話』ばかりになる。

ルシアは母国であるフォルトナート王国について詳《くわ》しくないので、社交界の噂話《うわさばなし》を聞けて本当に助かった。

「……貴方って」

ルシアはフェリックスの顔をじっと見つめる。

「基本的に優しい人なのね」

妹たちが嫌いなのに、わざわざ姉のルシアに会いにきてくれた。

婚約者を亡くしたばかりのルシアを気遣ってくれた。

今後のルシアのためになる社交界の話を聞かせ、「注意しろ」と促してくれた。

ルシアの気持ちは、フェリックスのおかげで少し軽くなっている。

「いいえ。俺は優しい人ではなくて、お喋りな人なんです」

「ええ、お喋りでもあるわ」

「ですが、妹姫さまたちと一緒《いっしょ》にいたら聞き役なんですよ。自分の自慢話《じまんばなし》か姉妹《しまい》の悪口ばかりを聞かされてうんざりしています。俺の話も少しは聞いてほしいですね」

フェリックスの妹たちにうんざりしている理由が、少し見えてくる。

妹たちにはきっと、フェリックスが勝利の王冠《おうかん》に見えているのだ。そして、フェリックスが聞きたくない話をずっと聞かされながらも我慢《がまん》していて、自分を挟《はさ》んだ喧嘩にうんざりしながらも堪《こら》えていることに、気づきもしないのだろう。

「……大変ね」

ルシアはフェリックスのことを立派だと感心した。

「ははは。ルシア王女殿下にここまで労《いたわ》っていただけると、ちょっと愚痴《ぐち》っただけの俺の器《うつわ》が小さく思えてきますね」

「そう？　未来の王配という重たいものを背負いながらも、将来のことを考えて我慢している貴方の器は大きいと思うわ」

国王エドワードが、『誰が女王になっても王配はフェリックス・アシュフォードにする』と決めただけはある。

フェリックスがいてくれるのなら、フォルトナート王国の未来は良いものになるだろう。

「王宮に着いても、また時々は私の話し相手になってほしいわ」

「それは光栄です。くだらない話から楽しい話まで、俺の話を色々聞いてください」

フォルトナート王国はルシアの母国だけれど、幼いときに離れたため、ルシアにとっては知らない国のように思えた。そのため、帰国が決まってから様々な不安を抱《かか》えていたけれど、母国に詳しい友人ができたことで少し安心する。

（あとは……私の今後と、妹のことね）

毎年ルシアは、妹たちの誕生日に合わせてプレゼントと手紙を贈《おく》っていた。それに一度も返事がなかったのは、なにかの事情があるからだろうと言い聞かせていた。

妹たちに用意したお土産《みやげ》の出番があるといいな……と願った。

第一王女を乗せた馬車が、フォルトナート王国の王都を通っていく。

ルシアにとって懐《なつ》かしい光景のはずだけれど、賑《にぎ》やかだったという記憶《きおく》しかなかった。

「どうぞ」

「ありがとう」

王宮に着いたら、フェリックスがルシアをエスコートしてくれる。

記憶が間違《まちが》っていなければ、王宮内に入って左に向かうと国王エドワードの執務室《しつむしつ》があるはずだ。

「国王陛下に取り次ぎを。ルシア王女殿下が帰還の挨拶に参りました」

フェリックスが執務室の前に立っていた衛兵に取り次ぎを頼《たの》めば、衛兵は中に声をかける。エドワードの予定にルシアの帰還と挨拶は入っていたようで、あとにしろと言われることはなかった。

ルシアは記憶に残っていない国王の執務室に入り、優雅《ゆうが》な淑女の礼《カーツィ》を見せる。

「国王陛下、アレクサンドル王太子殿下の葬儀を終えてただいま帰還しました。陛下のお元気なご様子を拝見し、大変嬉しく思います。これからは陛下のご教示を仰《あお》ぎながら尽《じん》力《りょく》して参りますので、どうかご指導ご鞭撻《べんたつ》のほどよろしくお願い申し上げます」

ルシアとエドワードは、ほとんど顔を合わせてこなかった親子である。

このルシアの立派な挨拶は、遠回しに父親を非難する意味も込《こ》められていた。

——父親らしいことをしてくれるという期待はしていません。ご安心ください。

エドワードは、そんなルシアに対してほんの少しだけ申し訳ないという顔をする。

「よくぞ無事に戻ってきた。第一王女の帰還を心より歓迎《かんげい》する。これからは留学で得たものを我が国に活《い》かしてくれ」

エドワードの言葉には、様々な意味が隠れていた。

婚約者を失って帰還したルシアを、改めて第一王女として認め、他の王女たちと同列に扱《あつか》うということ。

留学で得たものを我が国に活かせというのは、国政に関わることを許したということ。

ルシアの立場は、これではっきりした。

（出来損《できそこ》ないの出戻《でもど》り娘にはならなかったのね。外聞が悪いからと修道院に入れられることも考えていたのに）

ルシアは少々驚きながらも、「ありがたい御言葉でございます」と返す。

「まずは身体《からだ》をゆっくり休めるといい。夜には家族だけの晩餐会《ばんさんかい》を開く。留学先での話を聞かせてほしい」

エドワードは侍従長をちらりと見る。

侍従長は一歩前に出て、ルシアに恭しく頭を下げた。

「ルシア王女殿下、侍従長のロバート・ウィアと申します。湖の間《ま》をご用意しましたので、ご案内致《いた》します」

「貴方が……。案内を頼むわね」

ルシアは国王の執務室を出たあと、フェリックスに向き合う。

「ずっと付き添《つ》《そ》ってくれて感謝しているわ。改めてお礼を言う機会を設けさせて」

「こちらこそ、ルシア王女殿下のエスコートができて光栄でした。それではまた、近々会いましょう。約束ですよ」

フェリックスは念を押したあと、ルシアを見送ってくれた。

それからルシアは、湖の間を案内してもらう。

（応接室、執務室、寝室《しんしつ》……王女らしい部屋を用意してくれたのね）

調度品はしっかり磨《みが》かれていて、埃《ほこり》一つなかった。

どうやら女官たちは、出戻りのルシアを歓迎してくれているらしい。

「この部屋の天井画《てんじょうが》には湖の女王が描《えが》かれております」

「……美しいわ」

この国の伝説に登場する湖の女王は、湖の中にある国を治めている。女王は清らかな水面《みなも》のように澄んだ瞳と、金色の髪が朝日のように輝《かがや》く美しい人で、湖の水は女王の力によって常に澄んでいると言われていた。

「それでは失礼します。すぐに女官長とルシア王女殿下付きの女官が参りますので、なにかありましたら遠慮なくお申し付けください」

「ありがとう」

深々と頭を下げたロバートに、ルシアは微笑む。

「ロバート、いつも手紙に家族のことを書いてくれて嬉しかったわ。手紙を通じて友人のような気持ちになっていたけれど、こうやって言葉を交《か》わすのは初めてだから、なんだか不思議な心地《ここち》ね」

ルシアの言葉に、ロバートは瞬きを二度する。

「差し出がましいことをしたと思っておりましたが、喜んで頂けたようで安心しました。私もルシア王女殿下と古くからのお付き合いがあるように感じております」

ロバートは穏《おだ》やかな微笑みをルシアに向けた。

ルシアは細く美しい手をすっと差し出す。

「友人が王宮にいて心強いわ。これからもよろしく頼むわね」

ロバートは、友と呼びかけてくるルシアに驚いた。

身分や年齢《ねんれい》がかけ離れている相手であっても友人になりたいと言ってくれるルシアに、より一層好意を抱《いだ》く。

「勿体《もったい》ないお言葉であります。こちらこそよろしくお願い致《いた》します」

ロバートはルシアの手を握り、頭を下げた。そして、気になっていたことを質問する。

「……ルシア王女殿下。一つ尋ねたいことがございます。フェリックス公子さまとは以前から親交があったのですか？」

ルシアは少し前のフェリックスとのやりとりを思い出す。たしかに「近々会いましょう」はかなり親しい挨拶に感じるかもしれない。

「フェリックスと私は、迎《むか》えにきてくれたときに初めて会話をした間柄《あいだがら》なの。帰ってきたばかりで友人の少ない私の話し相手になってくれるみたい」

王女たちの友人関係を把握《はあく》し、茶会を開くときの席順を考えるのは、侍従長たちの大事な仕事の一つである。

ルシアは彼らの仕事の妨《さまた》げにならないよう、フェリックスとの関係を正直に話した。

「そのようなことがございましたか。……フェリックス公子さまはこの国にお詳しい方ですので、ルシア王女殿下の良き友人になると思います」

ロバートの声はわずかに弾《はず》んでいる。

王女と未来の義弟《ぎてい》の仲が悪いと困るので、早々に親しくなったことを喜んでいるのだろう。

「それでは晩餐会までごゆっくりお休みください」

ロバートが退出したあと、ルシアはソファに座った。

ゆっくりと言われても、このあとは女官長や女官との挨拶、荷物の確認、晩餐会で着るドレスや装飾品《そうしょくひん》の確認があるはずだ。

（それに、もしかすると妹たちが挨拶にくるかもしれない）

ルシアにとって、あまり思い出のない相手である。

それなのに、妹の中にはルシアを快く思わないどころか、命を奪《うば》おうとする者もいる。

（アルジェント王室の義妹《いもうと》たちはあんなに可愛《かわい》かったのに……）

彼女たちはルシアを「お義姉《ねえ》さま」と呼び、懐いてくれた。兄妹《きょうだい》で取り合ってくれた。

ルシアの〝幸せ〟はたしかにアルジェント王室の中にあったのに、どうして自分はここにいるのだろうか。

物憂げに眼を伏せたルシアは、静かに息を吐《は》いた。


ルシアはゆっくりしていられない午後を過ごしたあと、晩餐会用のドレスを選んだ。

今夜の主役ではあるけれど、婚約者を失ったばかりという状況《じょうきょう》を考えると、気合を入れて着飾《きかざ》ることを躊躇ってしまう。

（夜空のような紺色のドレスに、彼を悼む星々があるものにしましょう）

貝殻《かいがら》のビーズをちりばめたこのドレスは、清楚《せいそ》でありながらも華《はな》やかに見せることができる。スカートは薄絹《うすぎぬ》と黒色のレースを何枚も重ねているため、動く度に色合いが変化した。装飾品は銀と真珠《しんじゅ》で統一しつつ、大きめのものを選ぶ。

（地味になりすぎたら妹たちの方が派手になって、恥をかかせてしまうかもしれない。程《ほど》よいところを狙ってみたけれど……）

ルシアは食前酒を飲みながら、妹たちのドレスをちらりと見る。

——今から舞踏会に行くのかというほど華やかだ。姉の引き立て役になるつもりはないとドレスで主張しているらしい。

（私のドレスのことは、妹たちへさり気なく伝わっているはずなのに……）

女官長たちが伝え忘れたのか、それとも妹たちがあえて無視したのか。

どちらだろうかと思っていたのだけれど、ルシアをにらんだり、にやにやしたりする妹たちの顔を見れば、答えはなんとなくわかってしまう。

「今夜はルシアを歓迎する晩餐会だ。ルシア、アルジェント王国の話を妹たちに聞かせてやりなさい」

「はい」

ルシアは穏やかに微笑み、妹たちの顔を見ていく。

第二王女オリヴィアは、唯一《ゆいいつ》記憶《きおく》にしっかり残っている。彼女はルシアと同い年の十七歳で、華やかなオレンジブラウンの巻き毛と意志の強そうな緑色の瞳が印象的だった。その記憶はどうやら間違っていなかったらしく、凛々しい女性に成長している。

第三王女イザベラは十六歳で、長い黒髪《くろかみ》と深い紫色《むらさきいろ》の瞳をもつ少女だ。王立学院を主席で卒業した才女で、手紙でそのことを知ったときはとても誇《ほこ》らしかった。

第四王女エヴァンジェリンはオリヴィアの同母妹《どうぼまい》で、オリヴィアによく似たオレンジブラウンの巻き毛と気の強そうな緑色の瞳をもつ愛らしい十五歳である。

第五王女アンナベルは晩餐会を欠席していた。イザベラの同母妹である彼女の身体は弱く、あまり表に出てこないらしい。

「……お父さま。席順がおかしくありませんか？」

ルシアは妹たちと早速《さっそく》交流しようと思っていたけれど、その前に第二王女オリヴィアがエドワードに抗議《こうぎ》し始める。

「お父さまの右隣《みぎどなり》は王妃殿下、左隣《ひだりどなり》は第二王妃殿下と決まっています。そして、王妃殿下の右隣はいつも私のはずです」

ルシアと第二王女の上下関係は、オリヴィアが生まれたときに決まった。

亡き母に「決して高望みしてはいけません」と教えられていたルシアは、第二王女より低い席次でもいいと思っている。

（でもね……。今日の主役は私なのよ）

身分の問題で、席次の第二位は王妃、第三位は第二王妃になるため、主役は第四位になることが決まっている。

当たり前すぎることに抗議するオリヴィアへ、ルシアはため息をつきたくなった。

「今夜の主役はルシアだ。わかったな」

「……はい」

オリヴィアはルシアをにらみつけてくる。会話をほとんどしたことがないはずなのに、どうやら既に疎《うと》まれていたらしい。

ルシアが部屋に帰りたくなっていたら、ルシアの左隣の王妃フィオナはふっと笑った。

「オリヴィア、席次が変わるのは今夜だけよ。第四位はずっと貴女だったし、これからも変わらないわ。……ルシア、貴女は昔から自分の立場をよく理解できている子でした。今だってそうよねぇ」

ルシアは王妃フィオナから、次から第二王女より席次を下にしろと言われる。

「はい。わかっております」

席次争いをする気がないルシアは、淡々《たんたん》と返事をした。ここで抵抗《ていこう》しても意味はない。誰もルシアの味方をしてくれないので、時間の無駄《むだ》だ。

「……お父さま。私の席次は次も下がったままになるのかしら。王立学院を主席で卒業して国政に貢献《こうけん》してきた私よりも、なにもしてこなかったルシアお姉さまの席次が上というのは、おかしいのではありませんか？」

ようやく話が落ち着いたのに、今度は第三王女のイザベラが席次問題に参加してくる。

イザベラは、単純にルシアが気に入らないだけなのか、それとも第二王女オリヴィアに対抗心《たいこうしん》を抱いているのか、現時点のルシアにはわからなかった。

「陛下、イザベラは勲章《くんしょう》を頂いたこともある子ですよ。次もまた席次が下がったままになるのは如何《いかが》なものかと」

第二王妃ベアトリスは、イザベラはルシアよりも上だと主張してきた。

ルシアはスープを静かに飲みながら、自分の家族問題について考える。

（私の母は『側室』だけれど、ベアトリス王妃殿下は『第二王妃』。王女の年齢を優先するか、母親の地位を優先するか、難しいところね）

かつてエドワードは、側室の子であるルシアと王妃の子であるオリヴィアの序列を早々に決めた。

その後、側室の子である第三女イザベラが生まれたときも、王妃の子である第四女エヴァンジェリンが生まれたときも、王妃の子を優先するという方針を変えなかった。

しかし、王妃フィオナがエヴァンジェリンを産んだことで子どもを授《さず》からない身体になり、側室ベアトリスが再び身《み》ごもって男女の双子《ふたご》であるシモンとアンナベルを出産したあと、ついに序列問題のきっかけが生まれたのだ。

念願の王子が生まれたことを喜んだエドワードは、シモンの王太子としての正統性をより強めるため、側室のベアトリスを『第二王妃ベアトリス』にした。

このときまだフォルトナート王国にいたルシアは、父親たちが大喜びしているところを見ている。そして、それに対抗するかのように、オリヴィアが剣術《けんじゅつ》を習い始めたことも知っていた。

——しかし九年後、王室は悲しい出来事に襲われる。

九歳になったシモンが、風邪《かぜ》を悪化させて亡くなったのだ。

アルジェント王国に留学していたルシアはこのとき一時帰国し、シモンの葬儀に参列した。

エドワードとベアトリスの悲しみは深く、ルシアは声をかけられなかった。

エドワードはこのとき、これ以上の悲しみを生み出してはならないと決断したようで、ついに王子を諦めたのだろう。次代は女王にすると宣言した。

しかしそれは、王位継承権争いや序列争いという複雑な問題をつくり出すことにもなったのだ。

「……ルシア」

エドワードにどうしたいのかを問われ、ルシアは穏やかに微笑む。

「次からは陛下に指示された場所へ座ります」

「わかった」

ルシアはきっと次の晩餐会で、末席に座らされるだろう。

(私はこれでいい)

母に言い聞かされた通り、高望みはしない。それは自分の身を守ることになる。

だからそっとしておいてほしい……と思って無言で食事を進めていたのだけれど、些細《ささい》なきっかけで王妃と第二王妃が口論を始めた。

「主席卒業しか誇れるものがないなんて、本当に気の毒ですわ」

「これから誇れるものが沢山《たくさん》できます。ああ、勲章の一つも頂いていない騎士さまは、これからさぞかしご活躍《かつやく》なさるのでしょうね」

ルシアは王妃と第二王妃の嫌味《いやみ》の応酬《おうしゅう》に緊張《きんちょう》してしまったけれど、皆は平然と肉を切っている。

エドワードは、また始まったと言わんばかりにため息をつくだけだった。どうやらこれはよくあることらしい。

「不愉快《ふゆかい》ですわ。もう結構」

「わたくしもです」

王妃二人は互《たが》いの娘を罵倒《ばとう》し合ったあと、デザートを待たずに退出する。

エドワードは疲《つか》れた顔で、もういいと言って立ち上がった。

どうやら誰もが『ルシアの帰還を歓迎する晩餐会』ということを忘れてしまったようだ。

ルシアはデザートの味ぐらいは楽しめそうだと思うことにしたけれど、父と義母がいなくなったことでまた別の争いが生まれる。

「婚約者が亡くなったのに悲しい顔もしないなんて、なんて冷たいのかしら」

オリヴィアの攻撃《こうげき》に、ルシアは黙って耐《た》えることにした。

私を迎えにくることもしなかったくせによく言うわね、という言葉は呑み込んでおく。

「生まれの卑《いや》しいルシアお姉さまに神さまが試練をくださったのでしょうね。この試練を乗《の》り越《こ》えられるよう、心からお祈《いの》りします」

ルシアがなにも言わないでいたら、次はイザベラが小馬鹿にしたように笑ってくる。

（……試練？　アレクが亡くなったのは、王妃の子ではない私への試練だというの？　そんなことでアレクが亡くなったと……⁉）

ルシアはじわりと込み上げてくる負の感情を、膝に置いた手を強く握ることで耐えた。

「亡くなられた王太子殿下が気の毒だわ。生まれの卑しいルシアお姉さまが嫁いできたせいで、気苦労が耐えなかったのかも」

エヴァンジェリンが笑いながら、アレクサンドルの話をする。

「病弱な王太子殿下に、生まれの卑しい王女。お似合いでしたわね」

ルシアは溶《と》けていくデザートをじっと見ることで、イザベラの悪口に苛立《いらだ》つ気持ちを堪えた。

ここで妹たちに水をかけてやることもできたけれど、そんなことをしたら『亡きアレクサンドル王太子の婚約者は野蛮《やばん》な品のない女性』になってしまう。

(私だけを侮辱《ぶじょく》されるのならいい。でも、アレクまで侮辱されるのは……！)

ルシアは、我慢しろと自分に言い聞かせる。

なにも聞こえていない顔をしながら味のしないデザートを食べ終えたあと、食後のお茶を優雅に飲み、それから立ち上がった。

「……疲れているので先に失礼するわ。あとはここにいる皆でお話を楽しんで」

ルシアがドアに向かえば、妹たちはくすくすと笑い出す。

(まだなにか……？)

ルシアは警戒《けいかい》しながら晩餐《ばんさん》の間を出て、湖の間に戻った。

女官たちが着替えを手伝おうとしてくれたけれど、ルシアは先に少し休むことにする。

「ありがとう。すっきりするお茶を持ってきてほしいわ」

そう言いながら長椅子《ながいす》に座り――……濡《ぬ》れた感触《かんしょく》にぞっとした。

「っ⁉」

とっさに立ち上がろうとして長椅子に手をついたら、その手も湿《しめ》った感触に包まれる。

一体なにが……と長椅子をよく触って確かめたあと、ため息をつくしかなかった。

そして、呼《よ》び鈴《りん》を鳴らして女官を呼ぶ。

「長椅子が濡れているわ。臭《にお》いもしないし色もないから水だとは思うけれど、念のために手を洗いたいから水を持ってきて。それからこの長椅子を片付けてちょうだい」

「えっ⁉」

女官たちはルシアが座っていた長椅子を触り、驚く。

「申し訳ありません！　すぐにお取り替えします……！」

ルシアは着替える前に座っておいてよかったと思う。いや、全くよくないけれど、不幸中の幸いではあるだろう。二度も着替えることにはならなかった。

「きっと妹たちの仕業ね……」

ルシアの頭が痛む。妹たちのあのにやにやした顔は、帰ってからのお楽しみがあると言いたかったのだろう。

「……もしかして」

ルシアは、晩餐会に出席した妹は三人いる……と他の部屋も調べてみる。

すると、応接室の絨毯《じゅうたん》は水浸《みずびた》しになっていて、寝室のベッドもぐっしょり濡れていた。

「なんてことなの……。衣装《いしょう》まで……」

衣装部屋の中も酷かった。ドレスやネグリジェが全て切《き》り裂《さ》かれていたのだ。

ルシアは、怒《いか》りを通り越すと感情が全く湧《わ》いてこないことを知る。

「王女殿下！　申し訳ございません！」

女官が侍従《じじゅう》たちを連れて戻ってきた。濡れた長椅子はすぐに取り替えられるだろう。

(でも、応接室に寝室……それに衣装部屋)

全てを急いで片付けてもらうよりも、客間の準備を頼んだ方がいいかもしれない。

「……疲れたわ」

座りたくなったルシアは、無事な椅子を探して寝室に入る。

しかし、無事なものはなかったので、鏡台へ手をつくだけになった。

鏡を割られなくてよかったと思ったとき、鏡に映る疲れ切った自分にどきっとする。

『貴女って本当に可哀想』

ルシアは鏡の中の自分の言葉に、その通りだと頷《うなず》く。

久しぶりに家族の元へ帰ってきたのに誰も歓迎してくれなかったどころか、晩餐会で序列に文句をつけられ、長女なのに次からは末席に座ることが決まった。

更には元婚約者のことを馬鹿にされ、部屋に信じられない嫌がらせをされてしまった。

(……私は可哀想だわ)

なんだか泣きたくなってくる。

どうして自分だけこんな目に遭《あ》わなくてはならないのだろうか。

女王になるつもりはないと主張しているのだから、敵意を持たないでほしい。優しくしなくてもいいから、せめてそっとしておいてほしい。

（好かれる努力をするつもりだったのに、こんなことが続くのなら……）

ルシアの心に闇《やみ》が広がる。

自分だけいい子でいる意味があるのだろうかと、気持ちがよくない方向に傾《かたむ》きかけたとき、明るい声が飛び込んできた。

「……ちょっと失礼。ルシア王女殿下……ってお取り込み中でしたか」

「フェリックス？」

どうやらルシアの部屋に、フェリックスが顔を出してくれたらしい。

ルシアは苦笑《くしょう》しつつ寝室を出て、フェリックスを迎えた。

「騒《さわ》がしくて申し訳ないわ。湖の間が本当の湖になってしまったみたい。私は人間だから、湖の女王のように濡れたままでは眠れなくて、片付けをお願いしたところよ」

王族や貴族の会話は、直接的な言葉を用いることはあまりしない。

ルシアはこの惨劇《さんげき》を遠回しにフェリックスへ伝えた。

「湖……？」

ルシアはフェリックスを連れて部屋の中を見せる。

フェリックスは、ありとあらゆるものが濡れて着替えの衣装も使えなくなっている状況に顔を顰《しか》めた。

「うわぁ……」

ルシアはフェリックスのその表情に少し救われる。こうやって一緒に呆れてくれる人がいるおかげで、泣《な》き叫《さけ》んでから修道院に駆《か》け込《こ》んでやろうという強い衝動《しょうどう》を抑えることができた。

「心配しないで。犯人はわかっているから」

「なんというか……もう少し前に様子を見にきたらよかったですね。すみません」

「貴方が謝ることではないわ。湖の間を湖にできなかったら、違う形の嫌がらせをされるだけでしょうから」

ルシアはそう言いながら、今はこの状況をどうにかすることだけを考えようと自分に言い聞かせる。

「ルシア王女殿下、申し訳ありません。着替えの用意に時間がかかりそうで……」

ルシアとフェリックスが比較的無事な執務室へ戻ったら、駆けつけてきた女官が勢いよく頭を下げた。

「この際、なんでもいいわ。母のドレスは残っていないの？」

「……申し訳ありません。全て片付けられております」

ルシアは使用人のネグリジェでもいいと言いたかったけれど、すぐに考え直す。そんなことをしたら、妹たちによって不名誉《ふめいよ》な噂《うわさ》が立てられるはずだ。

不快感と不名誉な噂、どちらを選ぶべきか迷ってしまう。

（早く着替えたいのに……）

ドレスが濡れたままになっている。下着が濡れなかったことだけは幸いだった。

「王妃殿下や他の王女殿下のドレスは借りられないのか？」

フェリックスがドレスなんていくらでも王宮にあるだろうと女官に迫れば、女官は「えーっと」や「その……」を繰《く》り返《かえ》す。

「フェリックス、王妃殿下や妹がドレスを私に貸すわけないでしょう」

「……貸すだけなのに」

「ええ、そうよ。貸すだけよ。それでもできないの。晩餐会でそれがよくわかったわ」

ルシアのドレスを濡らし、着替えのドレスがない状態にし、使用人のものを借りさせ、それを噂にしてルシアの評判を落とす。この全てが彼女たちの計画のうちだ。

ルシアがどうやって切り抜けようかと考えていたら、フェリックスは笑った。

「ルシア王女殿下、姉の屋敷《やしき》にお招きしてもいいですか？」

「貴方の姉はたしか……マーガレット・フィンダル侯爵《こうしゃく》夫人《ふじん》？」

「はい。姉ならルシア王女殿下を歓迎してくれます。友達になることとお招きすることの順番が逆になりますが、お友達の家へ挨拶しに行き、話が弾んで泊《と》まることになった……というのはおかしい話ではないでしょう」

フェリックスの提案はルシアにとってありがたいものだったけれど、マーガレットとは一度も話したことがないので、本当にいいのだろうかと躊躇ってしまう。

「ここでルシア王女殿下をお助けしなければ、俺はあとで姉に叱《しか》られますよ。なぜ連れてこなかったのかとね。はい、決まりです。すぐに行きましょう」

フェリックスは驚いている女官に「そういうことだから、陛下に上手く伝えておいて」と頼んだ。

「……フェリックス、もう少し待ってくれる？　ドレスのうしろが濡れているの」

ルシアはフェリックスと共に歩き出した直後、はっとして足を止める。

せめて湿っぽい程度になるまで暖炉《だんろ》に当たって……と考えていたら、フェリックスはルシアの横に立った。

「失礼します」

フェリックスの左腕《ひだりうで》がルシアの背中に、右腕《みぎうで》がルシアの膝をすくう。

視界が急に変化したルシアは、悲鳴を上げそうになった。

「フェリックス⁉」

「これならドレスが濡れていても問題ないですよ」

「……っ、このまま歩いたら危ない気がするけれど……！」

ルシアは、こんな風に抱き上げられたのは初めてだ。なんだかとても不安定な気がする。落ちるのではないかと心配してしまった。

「手を俺の首に回してください。両方ともです」

「こう……？」

ルシアの細くしなやかな手がフェリックスの首に回る。

それを見ていた女官は、顔を赤くしてしまった。ただの善意の行為《こうい》とはいえ、美男美女の親密すぎる距離《きょり》はあまりにも刺激《しげき》が強かったのだ。

「王女殿下が慣れるまでゆっくり歩きますから、ご安心ください」

「ええ、そうしてほしいわ」

フェリックスはルシアを抱えたままゆっくり移動する。

（……本当に大丈夫なのかしら）

ルシアは緊張していた。階段を降りるときは、更に緊張した。一段下がるごとにがくんと身体が揺れるからである。

ルシアは皆に注目されていることに気づいていたけれど、慣れないことに必死になっていて、周囲の視線を構う余裕《よゆう》はなかった。

「降ろしますね」

フェリックスは、馬車の横でルシアの足の裏を地面にそっとつけてくれる。

ルシアはようやくほっとできた。やはり自分の足で立つのが一番だ。

「ははっ」

すると、フェリックスはなぜか笑い出した。

ルシアは、ドレスがみっともないことになっているのではないかと慌てて確認しようとしたけれど、フェリックスに止められる。

「大丈夫です。いやいや、女の子にそんな反応をされたのは初めてで」

「そんな反応……？」

「落ちるのではないかと不安にさせたことはないんですよ。こういうことをすると、みんな俺の顔を見ていました」

ルシアは瞬きをして、なるほどと納得《なっとく》する。

「確かに足下《あしもと》ばかりを見ているよりも、貴方の顔を見ている方が不安にならないかもしれないわね。次があったらそうしてみるわ」

「ははは！　そうしてください」

フェリックスは先に馬車の中へ入り、ルシアに手を差し出してくる。

ルシアはその手を取ろうとしたけれど、途中《とちゅう》で手を止めた。

「待って。このままだと座席を濡らしてしまうわ」

「う～ん、そんなことは気になさらなくていいのに。では、こうしましょう」

フェリックスは上着を脱《ぬ》いで座席に敷《し》く。

ルシアはわずかに眼を見開いたあと、フェリックスの厚意《こうい》に甘えた。

「貴方はとても優しい人ね」

座席に座ったルシアがフェリックスを褒《ほ》めれば、フェリックスはにっと笑う。

「それはルシア王女殿下が優しくしたいと思わせてくれるからですよ。……あの妹姫さまたちに優しくしたいと思います？」

「……それはとても難しいわね」

ルシアはフェリックスの言葉に同意する。

「ねぇ……もう一度、黄色のドレスの話をしてくれない？　今なら楽しい話だと思える気がするの」

「勿論《もちろん》です」

フェリックスとルシアは、顔を見合わせて笑う。

出会ったばかりだけれど、ずっと昔から友達だったような気がしてきた。

フェリックスの姉マーガレットは、フェリックスが言っていた通りにルシアを歓迎してくれる。突然《とつぜん》の訪問だったのに、とても労ってくれた。

「急いで私のドレスをルシア王女殿下に合わせていくつか手直しさせますわ」

「ありがとう。でも、寝間着《ねまき》と王宮に帰るときのドレスを貸してもらえたら充分《じゅうぶん》よ」

ルシアはそこまでご厚意に甘えるわけにはいかないと断ったけれど、マーガレットは首を横に振る。

「私が貸し出したドレスであれば、王女殿下たちは切り刻むことを躊躇うでしょう。新しいドレスを用意するまで、私のもので我慢してください」

　マーガレットは優しく微笑んだあと、フェリックスに視線を向けた。

「フェリックス。明日は王女殿下を仕立て屋までエスコートしなさい。本当は仕立て屋を王宮に呼んだ方がいいけれど、余計なことをされるかもしれないし……」

　困ったわね、とマーガレットは頬に手を当てる。

　ルシアはマーガレットの反応から、妹たちの社交界での評判をなんとなく察した。

「王女殿下はゆっくりお休みになってください。なにかあったら遠慮なく申しつけてくださいね」

「ありがとう。世話になるわ」

　ルシアは客間に案内してもらう。

　マーガレットの侍女に着替えを手伝ってもらったあと、大きな窓を開けて外を見た。

「…………」

　色々なことがあった一日だ。

　嬉しいことも、うんざりすることも、なにもかも沢山《たくさん》あった。

「アレク……。貴方がいたら、今日の出来事を笑いながら聞いてくれたでしょうね」

　病弱でなかなか外出できないアレクのために、ルシアは色々なことを枕元《まくらもと》で聞かせた。

　きっと今日の話を聞かせることになったら、アレクサンドルが寝るまでに終わらなかっただろう。

（どうして幸せは続かないのかしら）

ルシアは失ったもののことをつい考えてしまう。すると、コンという小さな音が聞こえた気がした。なんの音だろうかとあちこちを見てみたら、地上にいるフェリックスがこちらに手を振っている。

「おやすみなさい、フェリックス」

ルシアが手を振り返せば、フェリックスはなぜかルシアを指差す。

どういうことだろうかとルシアが首を傾げているうちに、なんとフェリックスは壁《かべ》を登ってきた。あっという間に二階の窓に辿《たど》り着《つ》いたフェリックスは、驚いているルシアに笑いかける。

「危ないわ……！」

フェリックスが落ちるのではないかと、ルシアは慌ててフェリックスの腕を掴《つか》んで支えようとした。

しかし、フェリックスは大丈夫だと笑い、窓枠《まどわく》に座る。

「どうしてこんなことを……」

「なんだか胸騒《むなさわ》ぎがしたんですよ」

「胸騒ぎ？」

ルシアが瞬きをしたら、フェリックスの指がルシアの頬に触れた。

「表情が暗かったように思えたんです」

ルシアは、フェリックスの言葉に驚いてしまう。

フェリックスは、ルシアを心配したからここまで登ってきてくれたのだ。

(信じられない……)

表情が暗かったというたったそれだけのことで、こんなにも危ないことを平気でしてくれる人がいる。

ルシアにとって、これはあまりにも衝撃的《しょうげきてき》な出来事だった。

(今までそんなことをしてくれた人なんて……)

ルシアはフェリックスだけだと心の中で呟《つぶや》こうとし、すぐにそうではないと気づく。

心から心配してくれた人は、フェリックス以外にもいた。

亡き母も亡き乳母も祖父母も、ルシアを愛してくれた。心配してくれた。父だってこの命を守ろうとしてくれた。

アルジェント王国に行ったら、アレクサンドルがいつだってルシアを気遣ってくれた。

周りの人たちも優しかった。

「私……、……」

ルシアは瞬きを一回する。それから深呼吸を一回した。そして、口を開く。

「……窓の外を見ながら、自分のことを可哀想だと思っていたのよ」

ルシアが苦笑したら、フェリックスは息を呑んだ。

「でも、幸せなことも沢山あったわ。たった今、そのことに気づいた」

きっとルシアは『可哀想』なのだろう。

しかし、同時に『幸せ』でもあったはずだ。

——そう。可哀想だという事実ばかりに気を取られるわけにはいかない。

ルシアはフェリックスに微笑む。

「気づかせてくれたのは貴方よ、フェリックス。王子さまみたいに登ってきて心配してくれるから、私は幸せなお姫さまになってしまった」

様々な人から受け取ってきた幸せを、なかったことにしたくない。

この手にあるものを大事にすることで、亡くなった母や乳母、アレクサンドルが精一杯《せいいっぱい》生きていたことを示せるはずだ。

「だから私は大丈夫」

ルシアは、フェリックスだけではなくて自分にもそう言い聞かせた。

(辛《つら》いことが沢山あった。でもそれだけではない。……きっとみんなもそう)

ルシア視点だと幸せそうにしている人ばかり眼に映るけれど、誰だって幸せなところだけを見せようとしているはずだ。

父も母もアレクサンドルも、そしてここにいるフェリックスも、辛いことも幸せなことも味わっているだろう。

(可哀想なのは私だけではない)

そんな当たり前のことに早くから気づける人もいれば、気づかない人もいる。

当たり前のことに気づいた人は、助け合うことの大切さを実感して、自分から動こうとするのだろう。

——私もそうでありたい。

フェリックスのように、誰かに手を差《さ》し伸《の》べられる人になって、誰かと助け合いたい。辛いことがあっても、助けてくれる人がいれば、乗り越えることもできるはずだ。

「私はもう大丈夫よ」

ルシアはもう一度、自分に言い聞かせるのではなく、本当の気持ちで言う。

しかし、フェリックスにはそう思えなかったらしい。

「……俺にとっては、今もまだ可哀想なお姫さまです。貴女は婚約者を失い、王宮で気の毒なことになった方ですよ。ゆっくり悲しんでください」

フェリックスは優しい人だ。

だからこそルシアは、心から大丈夫だと思えた。

「ありがとう。貴方のおかげで元気が出たわ」

ルシアがフェリックスに正直な気持ちを伝えれば、フェリックスは息を吐く。

「無理はしないでくださいね。今はまだ可哀想なお姫さまでいいんです」

「そうね。今晩はそうしようかしら。……じゃあ、おやすみなさい」

「おやすみなさい」

フェリックスはルシアに挨拶をしたあと、窓から出ていく。

ルシアは無事に地上へ降りたフェリックスを見てほっとしたあと、軽く手を振った。

すると、フェリックスは手を振り返してくれる。

（私は可哀想だけれど、こんな風に幸せ者でもあるわ。だから、亡くなったアレクのことを純粋《じゅんすい》に悲しみましょう。この悲しみを大事にしたいから）

ルシアは夜空に瞬《またた》く星々を眺《なが》める。

神の下へ向かったアレクサンドルの幸せを、ここから祈ろう。

第二章

翌朝、ルシアはマーガレットの夫であるフィンダル侯爵《こうしゃく》と挨拶をする。

フィンダル侯爵はとても優しい人で、婚約者を亡くしたばかりのルシアを労《いたわ》り、励《はげ》ましてくれた。

それからルシアは王宮に一度帰る。湖の間の片付けが終わったかどうかを確認しておきたかったのだ。

「申し訳ございません。元の調度品はいくつかまだ使用できない状態でして……代わりのものを入れております」

「それで充分よ。ありがとう」

侍従《じじゅうちょう》長と女官長がルシアのところへ頭を下げにくる。

この二人がどれだけしっかりしていても、それよりもっと上の人間の命令によって行われたことであれば、防ぎ切るのは難しいだろう。

「ああ、そうだわ。友人のフィンダル侯爵夫人がドレスを貸してくれることになったの。友人のドレスを切り刻む卑怯《ひきょうもの》者を絶対に許さないと言ってくれて嬉しかったわ」

ルシアの言葉の意味を、女官長は正確に理解した。

これから運ばれてくるドレスは、ルシアの物ではない。切り刻めば、フィンダル侯爵夫人を怒《おこ》らせることになるだろう。

この話を王宮内に広めるのは、女官長の大事な仕事である。

「これから仕立て屋に行くわ。陛下《へいか》には『アルジェント王国の王妃殿下から譲《ゆず》られた思い出のドレスも刻まれて、随分と悲しんでいた』と伝えておいて」

大事な思い出のドレスは全て義妹に譲ってきたけれど、多少の嘘《うそ》は必要だ。

国王エドワードには今回の一件をしっかり知ってもらい、『しまった』と思ってもらわないといけない。

（お父さまには私を大事にする気があまりないでしょうけれど、アルジェント王国は大事にすべき相手だもの。使える物《もの》は使わないと）

エドワードが「アルジェント王室に失礼なことをした者がいる」と口にしたら、犯人たちもやりすぎたと思うだろう。ルシアにはなにをしてもいいと思われたら流石《さすが》に困る。

「ルシア王女殿下、このような失態は二度と起こさないよう気をつけます」

侍従長は、王宮内の管理が行き届いていなかったことを改めてルシアに謝罪した。

ルシアは、侍従長に気にしなくていいと微笑む。

「貴方たちはよくやってくれているわ。湖の国になっていた部屋を、一晩で地上に戻してくれた。大変だったでしょう」

ルシアが侍従長と女官長を労《ねぎら》えば、二人の緊張がわかりやすく解けていった。

「あとは頼むわね」

ルシアは部屋の外に出る。

廊下《ろうか》でルシアを待っていたフェリックスは、ルシアへ手を優雅に差し伸べた。

ルシアはその手を取り、王宮内を堂々と歩く。

「……え？　あれって」

「フェリックスさまと長女のルシア王女殿下……よね？」

遠くで仕事をしていた女官たちは、ルシアとフェリックスを見送ったあと、人がいないところで先ほど見た光景についてこそこそと話した。

「なんだかかなり親しげじゃない？」

未来の王配《おうはい》であるフェリックスのことを知らない者はいない。

皆も次の王宮の主《あるじ》の一人というつもりで接しているし、フェリックスはどの王女を選ぶのだろうかという賭《か》け事《ごと》もこっそり行われている。

「でも、フェリックスさまは王女殿下にそういう接し方をしない人のはずだけれど」

フェリックスがどの王女にも平等に、そして一線を引いて接しているのは有名な話だ。

次期王位継承者《けいしょうしゃ》を決めるのは国王であって自分ではないと示しているのか、それとも王女全員に好意を持てないのかはわからないけれど、王女の個人的な外出に付き合うことは今までなかった。

彼が王女の付き添いをするのは、いつだって公務のときのみである。

「国王陛下から『世話を頼む』と言われたんじゃないの？」

「でも、それってつまり……長女のルシア王女殿下が次の……ってことになるけれど」

女官たちは思わず黙り込んでしまう。

そこに、ひょいと顔を出した者がいた。

「ねぇ、フェリックスって名前が聞こえたわ。もしかしてフェリックスがきているの？」

女官たちはひそひそ話に夢中になりすぎて、フェリックス大好きの第四王女エヴァンジェリンの接近を許してしまった。

どうする？　正直に言うべき？　と慌《あわ》てて眼と眼で会話をする。

「……フェリックス公子さまは、先ほどまで王宮内にいらっしゃいました。今はもう馬車に乗って出発するところだと思われます」

女官の一人が『嘘ではないけれど、全てを明かさない』という形で、王宮内にフェリックスがきていたことをエヴァンジェリンに教えた。

すると、エヴァンジェリンの表情がぱっと変わる。

「急げばまだ間に合うかもしれないわ！」

乙女《おとめ》にとっての理想の貴公子、それがフェリックス公子だ。

第二王女オリヴィアと第三王女イザベラはフェリックスをトロフィーだと思っているけれど、エヴァンジェリンにとっては憧《あこが》れの王子さまである。

――挨拶だけでも！

エヴァンジェリンは窓から外を眺めた。

王宮の正面扉のところにいる馬車とフェリックスがなんとか見え、嬉しくなる。

「……ん？」

エヴァンジェリンはフェリックスに手を振ってその名を呼ぶつもりだったけれど、フェリックスの傍《そば》に金髪の女がいたので、上げようとしていた手を止めた。

「あれは……」

フェリックスは金髪の女に手を差し出し、馬車の中へエスコートしている。

エヴァンジェリンは、金髪の女の横顔に見覚えがあった。

「ルシアお姉さま……⁉」

あれは昨夜見たばかりの顔だ。

綺麗《きれい》で艶《つや》のあるさらさらの金髪に、白鳥のようにすらりとした細い首、菫色のアーモンド形の瞳。

エヴァンジェリンは思わず窓から身を乗り出してしまう。

「どうして……⁉」

フェリックスは、個人的なお出かけに絶対ついてきてくれない。

誘《さそ》っても『王女殿下に不名誉な噂《うわさ》を立てるわけにはいきません。王命ならば従えますので、国王陛下にお願いしてみてください』と申し訳なさそうに断ってくるのだ。

「酷《ひど》い！　みんな我慢しているのに……！」

エヴァンジェリンは、抜け駆《が》けしたルシアを絶対に許さないことにした。

ルシアはフェリックスと城下町に出かけた。

城下町に関する記憶はほとんどないので、なにからなにまで珍《めずら》しく、見ているだけでも楽しい。

ルシアはまず、フェリックスが貸し切ってくれた仕立て屋に入る。テイラーと相談しながらドレスのデザインや布を選び、小物もそれに合わせてもらった。

「ルシア王女殿下はなんでも似合いますね」

感心したように言うフェリックスに、ルシアは笑った。

「この顔にしてくださったお母さまに感謝しないといけないわね。でも、そろそろ可愛らしすぎるものは似合わないわよ。幼い頃に好きなだけ着たからいいけれど」

部屋の隅《すみ》に置いてあったフリルとリボンたっぷりのピンク色のドレスを見て、ルシアは肩をすくめる。

「あ～……あれは、そうですね。エヴァンジェリン王女殿下が頼んだドレスでしょうね」

「エヴァンジェリンが？　……そう。可愛らしいものが好きなのね」

第四王女のエヴァンジェリンには落ち着いた赤色や緑色が似合うけれど、似合うものを好んでいるとは限らないだろう。

「……ねぇ、フェリックス。アンナベルの好みは知っている？　お土産を買って帰ろうと思っているの」

ルシアは、昨晩の晩餐会《ばんさんかい》に出てこなかった末妹《まつまい》のことが気になっていた。

今まで妹たちに姉らしいことはほとんどできていなかったので、ルシアと交流する気のある妹がいるのなら、これからはできるだけ仲良くしたいと思っていたのだ。

（でも、アンナベルはベアトリス第二王妃殿下の娘で、第三王女イザベラの同母妹《どうぼまい》。私のことが嫌いかもしれないから、強く押しすぎるのは駄目《だめ》ね）

とりあえず、アンナベルが喜びそうな贈《おく》り物《もの》をして様子を見てみることにする。

「俺はアンナベル王女殿下の趣味《しゅみ》を知りません。部屋からなかなか出てこないので、喋る機会がほとんどないんです」

「そう……。だとしたら、焼《や》き菓子《がし》とハンカチぐらいがいいかもしれないわね」

ルシアはこの仕立て屋で、白色のレースがついているハンカチを包んでもらった。

名前を刺繍《ししゅう》してから渡《わた》そうかと思ったけれど、流石にそこまでするのはやりすぎかもしれない。

「では、次はカフェにでも行きましょうか。焼き菓子を包んでもらっている間に、そこで少し休みましょう」

フェリックスの提案に、ルシアは同意する。仕立て屋で一通りのドレスを頼むというのは、頭をかなり使うのだ。

フェリックスにエスコートしてもらいながら店の外へ出たとき、店員がさっとフェリックスに白い帽子《ぼうし》を渡した。

「ルシア王女殿下、俺からのプレゼントです。どうぞ」

今日のルシアは、マーガレットから借りた白い襟《えり》のついた爽《さわ》やかな青色のドレスを着ていて、白と青の縞模様《しまもよう》のリボンを胸につけている。

フェリックスが渡してくれた青色の幅広《はばひろ》のリボンをつけた白の帽子は、今日の服装によく似合っていた。

「ありがとう。とても素敵だわ」

早速フェリックスからの贈り物を身につけたルシアは、カフェでフェリックスとお茶を楽しんだあと、気分よく王宮に戻る。

ルシアはまず、手土産《てみやげ》を持ってアンナベルの部屋を訪ねてみた。

侍女がアンナベルに声をかけに行ってくれたけれど、しばらくすると申し訳なさそうに出てくる。

「姫さまは具合が悪いようです」

ルシアはその話を信じることにした。持っていた箱をアンナベルの侍女に渡し、優しく微笑みかける。

「アンナベルにお土産を買ってきたの。お菓子が食べられないようだったら、貴女たちで分けてちょうだい。アンナベルにはまた買ってくるから」

「ありがとうございます……！」

アンナベルの侍女は、もう自分が食べる気でいるようだ。

ルシアはその表情を見て、おそらく自分はアンナベルにとって歓迎できない姉であることを察した。

(仲良くしようと努力すべきか。互いのために距離を置くべきか。……難しいわね)

家族でもわかり合えないときがある。

逆に、家族でなくてもわかり合えるときがある。

その両方を知っているルシアは、もう少しアンナベルの様子を見ることにした。

(さて……と、私の湖の間はどうなっているかしら)

心配しながら湖の間に戻ったら、元の姿をすっかり取り戻しているどころか、新しい小物があちこちに増えていた。前より居心地がよくなったようだ。

ルシアは美しい部屋にほっとする。歴史あるこの部屋が元に戻らなかったら、申し訳ないどころではなかったのだ。

「お帰りなさいませ、ルシア王女殿下。国王陛下からの伝言を預かっております」

ルシアが部屋に戻ってくるなり、侍従が訪ねてきた。入っていいと許可を出して応接室のソファに座ったら、国王エドワードからの手紙が差し出される。

女官がすぐにペーパーナイフを持ってきてくれたので、その場で封《ふう》を開けた。

――明日の大会議へ出席するように。

書かれていた内容はとても簡単なものだったけれど、意図は読めない。

「……王女は大会議に出席するという決まりでもあるの？」

ルシアが返事を待っている侍従に尋ねれば、侍従は恭《うやうや》しく頷く。

「はい。オリヴィア王女殿下とイザベラ王女殿下は、一年前から大会議への出席を許可されております」

大会議とは、爵位《しゃくい》を持った者たちが国の方針を話し合って決定するという会議のことである。

オリヴィアもイザベラも次の王位を狙っているので、早いうちから大会議に出席して存在感を主張したいのだろう。けれども、ルシアは違う。次の王位を狙っていない。

エドワードはきっと、第二王女オリヴィアと第三王女イザベラのどちらを女王にするかで迷っているのだ。だから二人の王女を大会議に出席させたのは、能力の評価ではなくて、適切な年齢になったからだと主張したいのだろう。ルシアはそれに巻き込まれただけだ。

正直なところ、ルシアは大会議へ出席したいかと問われたら、あまりしたくない。けれども、エドワードと揉《も》めたいわけでもない。

「……明日から出席しますと陛下にお伝えして」

「承知致しました」

侍従が出ていったあと、ルシアはため息をついた。

「私が明日の大会議に出席したら、王位を狙っているように見えるでしょうね」

これからもっと身辺に気を付けるべきだろう。

『念のために』という理由で殺されたくなかった。


翌日、ルシアは大会議へ出席するために会議の間に入る。

おそらく、オリヴィアとイザベラはルシアをにらんでいるだろうけれど、ルシアはそれをわざわざ確かめたくなかった。

「今年の作物の収穫量《しゅうかくりょう》と来年の税率についてですが……」

ルシアは昨夜、大会議で使われる資料を読んでおいた。

六歳のときからアルジェント王国で王妃教育を受けてきたルシアは、アルジェント王国の政治には詳しい。けれども、フォルトナート王国についてはなにも知らないも同然だ。

(せめて会議の内容ぐらいは理解できるようにしておかないと)

ルシアはわからないなりにできる限りのことをしたけれど、朝からずっと緊張していた。

しかし、議題になるものはどこの国も同じなのだろう。

地名や数字は違っても、出てくる問題は見聞きしてきたものばかりだ。

「チェルン＝ポート周辺の海洋権域をもっと強固に主張すべきです！　領海侵犯《しんぱん》した船を容赦《ようしゃ》なく沈《しず》めなければ、我が国の領海での密漁は防げません！」

「大規模な密漁に関しては、海軍が取り締まるべきでしょう。しかし、小規模なものは沿岸部の漁師たちに自衛させるべきでは？　海軍の予算はどう増やすんですか？」

どこかの予算を増やせば、どこかの予算を削《けず》らなくてはならない。

貴族たちは自分に関わる予算を削らせたくないので、自分の抱えている問題がいかに深刻なものかを訴える。

（海……）

ルシアの婚約者アレクサンドルは、避寒地《ひかんち》の港町が好きだった。

どこまでも果てしない青色を眺《なが》めては凄《すご》いと言い、喜んでいた。

――これから海の時代がくる。ルシア、海を渡れば遠くの国と貿易ができるんだ。

身体が弱くてベッドの上にいなければならないことが多かったアレクサンドルは、国の未来のためになにをしたらいいのかをいつだって考えていたのだろう。

（私はその話を聞くことが好きだった。きっとアレクなら……）

海洋都市チェルン＝ポートの港を整備し、寄港するときに通航料を払《はら》わせる。

そして同時に、通航料を払った船は通航料を払っていない船――……海賊船《かいぞくせん》を見かけたら、フォルトナート王国の領海内でも海賊船の積荷《つみに》を略奪《りゃくだつ》してもいいことにする。

（異国の船から通航料をもらい、異国の船に我が国の海の番犬をさせる。こちらの海軍の軍事力を強固なものにするまでは、異国船を利用すべきだわ）

通航料を払った国の船は、許可なく通っていく船の存在を許せないはずだ。絶対に海賊

船の積荷を奪い取りたくなる。

いずれは海賊船狩りを目的とした船も出てくるだろう。海賊を捕《と》らえて本拠地《ほんきょち》を暴き、ため込んだ金品を奪い取るという一攫千金《いっかくせんきん》を狙う者も出てくるかもしれない。

(……私はなにを考えているのかしら。国政に関わることなんてないのに)

ルシアに用意された未来は、国王によって決められた結婚か、修道女のどちらかだ。そこにルシアの希望は反映されない。

それでも、『もしも』をふと考えた。

――もしも、与《あた》えられた未来ではなく、自分の希望で未来が選び取れるのなら。

ルシアは『自分の希望』を考えてみて――……なにも出てこない自分に呆《あき》れる。

自分の人生は、常に与えられてきた。王位継承権争いから早々に外されたことも、他国の王妃になることも、このあともそうだ。自分の希望なんてものを考えても無駄だったから、人生を自由に選び取ってもいいと言われたら困惑《こんわく》してしまう。

「……それでは、大聖堂の修復の件です」

ぼんやりと自分の未来について思いを馳《は》せていたら、いつの間にか議題が変わっていた。ルシアは慌てて気を引き締め、昨夜読んだ資料を思い出す。

(大聖堂の修復……。たしか、落雷《らくらい》で塔《とう》の部分が折れたのよね？)

当然、修復作業が行われる。国は教会側にそのための寄付を頼まれたので、どのぐらい寄付するのかを決めることになった。

「五〇〇〇万ギルはいかがでしょうか？　大聖堂が全焼《ぜんしょう》したときは一億二〇〇〇万ギルを寄付したという記録があります」

「塔の部分だけなのに五〇〇〇万ギルも出すのは、流石に多すぎでは？」

「いや、もっと出した方がいいでしょう。教会との関係が悪化していましたから」

ルシアは、教会との関係が悪化しているという話を聞いて驚いた。それは資料にも手紙にも書かれていなかった話だ。

「……教会との関係改善に関しては、ホフマン侯爵が責任を取るべきでしょう」

ティラー侯爵の発言のあと、ホフマン侯爵の表情が変わった。

ルシアは、イザベラがティラー侯爵をにらんだことで、おおよそのことを理解する。

（教会との関係悪化は、『第二王妃』のせいだったのね）

神の教えでは、一人の夫と一人の妻が共に助け合っていかなければならない。

しかし、国王には世継《よつ》ぎが必要なため、側室という制度が黙認《もくにん》されていた。

（側室は神に認められていない妻で、教会が関わる公式行事に参加できない。だから陛下は、ようやく生まれた王子をどうしても『王妃の子』にしたかった）

エドワードは、ティラー侯爵の娘である王妃フィオナの子『第二王女オリヴィア』と、ホフマン侯爵の娘である側室ベアトリスの子『第一王子シモン』に、王位継承権争いをさせたくなかった。

この王位継承権問題を回避するために、側室ベアトリスを第二王妃ベアトリスにすると

いう決断をしたのだ。おそらくそのときに、教会とかなり揉めたのだろう。

「第二王妃の一件は、陛下がお認めになられたことだ。我々は一致団結して教会との関係改善を図《はか》るべきだろう」

「では、王子を失ってしまった第二王妃は、すぐ側室に戻るべきだ。違うかね？」

教会への寄付をきっかけに、ティラー侯爵とホフマン侯爵の戦いが始まる。

話し合いの内容は寄付金の額についてではなく、王妃問題についてになってしまった。

(寄付金の額を今日中に決めることは無理そうね)

もうしばらくしたら、この話はまた次にという展開になるだろう。

ルシアは表情を変えずに『寄付金についてはまた後日』という言葉が出てくるのを待っていたけれど、不意に話の矛先《ほこさき》がこちらへ向いた。

「ルシア第一王女殿下、どうすべきだと思われますか？」

宰相《さいしょう》であるクロード・アシュフォード公爵がルシアに発言を促《うなが》してきた。

ルシアは、なぜ自分の意見が求められているのだろうかと不思議に思ったけれど、すぐに納得する。

(ああ、どちらにつくのか決めろということね)

中立を選んで双方《そうほう》ににらまれるのか、それとも片方についてもう片方ににらまれるのか。

ルシアはすぐに自分の道を選んだ。

(私はどちらにもつかない。……陛下が迷われている今、帰ってきたばかりの私がこの政

局を引っかき回すわけにはいかないわ）

先に『こちら側についてほしい』とエドワードから頼まれていたら、ルシアはそうしただろう。しかし、そのような話はなかった。

「教会との関係が悪化しているのであれば、関係改善を試みるべきでしょう」

ルシアの発言に、ティラー侯爵はにんまりと笑う。こちらについたと思ったのだ。

そして、ホフマン侯爵は憎々《にくにく》しげにルシアを見てきた。

ルシアは「どちらでもないわよ」と心の中で教えてやる。


「私は国王陛下の長女として、教会に三〇〇〇万ギルを寄付しようと思います」


大金の寄付をあっさり言い切ったルシアに、誰もが驚く。

「えっ？」と声を上げた者も、口をぽかんと開ける者もいた。

ルシアは皆が落ち着くのを待ってから、わざとらしくにっこり笑う。

「大聖堂の塔の修復作業が終わったあとのミサには陛下と共に出席し、大聖堂の修復完《かん》了《りょう》を見届け、神に感謝の祈りを捧《ささ》げるつもりです」

王女がエドワードと共に行動したら、特別な意味が生まれる。国王が『次の女王候補として有力である』と示したことになるからだ。

「それは……！」

「いやいや、キース伯爵《はくしゃく》にそこまでの負担をおかけするわけには……」

ルシアの母方の祖父で、多くの事業を手がけているキース伯爵ならば、孫娘《まごむすめ》のために三〇〇〇万ギルを迷わず出すだろうと誰もが納得した。

けれどもルシアは、皆の想像が誤っていることを教える。

「キース伯爵の支援《しえん》は必要ありません。私個人から支払《しはら》います」

そんな金はどこから……と誰もが思う中、何人かは「あっ！」という顔をした。

ルシアはこれでも〝グリーンウィック女男爵《おんなだんしゃく》〟だ。

管理は祖父のキース伯爵に任せていたけれど、その土地の税収はきちんとルシアのものになっている。

（先代王妃殿下は病に倒《たお》れた私の母を気遣い、美しい湖の近くで療養《りょうよう》するようにとグリーンウィックを譲ってくださった。母が亡くなったあとは、母の遺言《ゆいごん》によって私にグリーンウィックが譲られた）

エドワードは、日陰《ひかげ》で生きることになった長女にせめてそのぐらいはしてやりたいと思ったのだろう。母の療養のために譲られたグリーンウィックをルシアに継がせてくれた。

「王女である私が寄付をすることで、教会の方々との関係を深めていけるでしょう」

ルシアが教会に個人的な寄付をしたら、その分だけ国からの寄付金を減らせるし、教会と王家の仲を取り持つことにもなる。反対する理由なんてない。

（でも、ティラー侯爵とホフマン侯爵は反対したい。第一王女が次期女王かもしれないとルシアは、ティラー侯爵とホフマン侯爵を寄付金の金額争いという戦いに引きずり出す。

ここからは醜《みにく》い意地の張り合いになるだろう。

「……陛下、オリヴィア王女殿下名義で三〇〇〇万ギルを教会に寄付しようと思います。オリヴィア王女殿下にもミサに参加していただきましょう」

ティラー侯爵は、この戦いに参加するしかなかった。ルシアに負けるわけにはいかないと、同じ額の寄付を宣言する。

「陛下！　イザベラ王女殿下も教会に三〇〇〇万ギルを寄付します。これでイザベラ王女殿下もミサに参加する権利があります！」

すると、ホフマン侯爵もすぐに張り合ってきた。

（いい流れね）

ルシアは澄ました顔で思い通りの展開になってくれたことを喜ぶ。

ティラー侯爵とホフマン侯爵が大金を寄付すると言い出した以上、それぞれの派閥《はばつ》に属した他の貴族たちもそれに付き合わなければならない。

彼らは仕方なく家の格に合った金額を寄付すると言った。

「では、大聖堂の修復完了を見届けるミサには、オリヴィアとイザベラとルシアを連れて行くことにしよう」

エドワードは、想定外の金額が集まったことに驚く。そして、その流れを作ったルシアに感心した。しかし、それを顔に出さないまま貴族たちに「王女を平等に扱う」という意思表示をする。

「本日の大会議はこれにて終了《しゅうりょう》致します」

宰相が会議の終了を告げると同時に、ティラー侯爵はオリヴィアの元へ行き、ホフマン侯爵はイザベラのところへ向かった。

ルシアは自分の悪口を言われている気配を察したけれど、知らない顔をしておいた。


国王エドワードは、宰相クロード・アシュフォード公爵や侍従長ロバート・ウィアア、女官長ハンナ・グダレスを集め、定期報告をさせた。

——四人の王女の中で、誰が次の女王に相応《ふさわ》しいのか。

クロードたちには、その判断材料を常に集めてもらっている。

「ルシアが戻ってきたことで、王女たちは動揺《どうよう》しているだろう。変わったことは？」

エドワードはロバートの顔を見た。

ロバートは、ルシア帰還後の王宮内の様子を語る。

「ルシア王女殿下のお部屋の前を、他の王女殿下の侍女や騎士たちがよく通っています」

侍従長の言葉を善意だけで解釈《かいしゃく》するのであれば、『妹姫たちはルシア姫を気にかけているようだ』になるだろう。しかし、悪意を入れて解釈するのであれば、『妹姫たちはルシア姫に嫌がらせをする機会を窺《うかが》っている』になる。

「ルシア王女殿下は、とても聡明《そうめい》でお優しい方です。部屋が水浸しになってしまったときも冷静に対応し、我々を気遣うこともしてくださいました」

ロバートは、他の王女には使わない単語をルシアに使った。

エドワードは、帰ってきた長女が素晴らしい貴婦人に育っていたことを喜びたい。しかし同時に、どうして王妃の子ではないのかと嘆《なげ》きたくなる。

「女官長は？」

エドワードに促されたハンナは、昨夕の出来事を報告する。

「ルシア王女殿下は、アンナベル王女殿下に贈り物をしたそうです」

「……ルシアがアンナベルに？　なにを？」

「レースのハンカチと焼き菓子です。ですが、アンナベル王女殿下は侍女にレースのハンカチと焼き菓子を下賜《かし》しました」

ルシアはアンナベルを気にかけてくれたけれど、アンナベルはそれを受け取らなかった。

エドワードはふうと息を吐く。

「そうか……」

ルシアとアンナベルは、王位継承権争いに振《ふ》り回《まわ》された者同士だ。エドワードとしては、仲良くできるのであればそうしてほしかった。けれども、自分にできなかったことを娘に押し付けるべきではないと己《おのれ》を戒《いまし》める。

「ルシア王女殿下には、いつもお気遣いいただいております。とても心優しい方です」

ハンナもロバートと同じく、ルシアを優しいと評価した。

エドワードは、ルシアに惜しみなく使われる褒め言葉に複雑な気持ちを抱いてしまう。

「宰相は？」

最後に、アシュフォード公爵の報告を促す。

「昨晩、ルシア王女殿下は大会議に必要な資料を用意してほしいと書記官に頼んでいたようです。私は朝方、ルシア王女殿下から資料についての質問をいくつかされたのですが、どれも深い見識がなければできないものでした」

「……」

「それから、先ほどの大会議での機転の利《き》かせ方は大変素晴らしかったです。最年長の王女としての威厳《いげん》に圧倒《あっとう》されました」

教会への寄付金の金額を決める話し合いは、王位継承権争いに使われてしまい、本来の目的が果たせなくなりそうだった。

誰もがため息をついていた中で、ルシアはあっさりと金額問題を解決してくれたのだ。

「息子《むすこ》もルシア王女殿下のことを讃《たた》えておりました」

宰相クロード・アシュフォード公爵の息子は、未来の王配であるフェリックス・アシュフォード公子である。

第一王女ルシアが帰ってくることを聞いたフェリックスは、ルシアを迎えに行きたいと言い出したため、エドワードはそれを許してやった。

フェリックスは、王女たちによる自身の取り合いにうんざりしている。時には一人になる時間も必要だと思ったのだ。

「……そういえば、アシュフォード公子さまはルシア王女殿下のご友人になられたとか」

ハンナは穏やかに微笑み、エドワードへ遠回しに「フェリックスとルシアは男女としてとても親密な仲になりつつある」という報告もする。

今のところルシアとフェリックスは、友人として親しくしているだけである。けれども、美男美女の組み合わせであれば、本人以外はそこになにかあると思いたくなるのだ。

「……フェリックス・アシュフォードの話も聞きたい」

「承知致しました。息子を呼んできます。今日は王女殿下に挨拶をしたいと共にきていたので、おそらくどこかにいるかと」

クロードはロバートに目配せをする。

ロバートはすぐ部屋の外に出て、待機していた侍従に「陛下がフェリックス公子さまを呼んでいるので捜してほしい」と頼んだ。

侍従はルシアと立ち話をしていたフェリックスをあっという間に見つけ、大会議の間に連れてきた。

「フェリックス・アシュフォードが参りました」

「入れ」

国王の執務室のドアを開けてもらったフェリックスは、堂々と入っていく。

「国王陛下、ご機嫌麗《きげんうるわ》しく存じます」

「……挨拶はいい。フェリックス、ルシアと親しくしているそうだな」

「はい、そうです」

エドワードの低い声に、フェリックスは怯《ひる》まない。

叱られるようなことはなに一つしていないという自信があるからだ。

「お前からルシアはどう見える？」

フェリックスは、エドワードに呼び出された理由を色々想像していた。しかし、これは想定外の質問だ。驚きと共にそういうことかと笑いたくなる。

(彼女はいつだって振り回される側だ)

人生とはそういうものだろう。自分だって自分ではない人に『未来の王配殿下』であることを決められた。

それでも、ルシアの人生はいつも本人の意思をあまりにも尊重していなくて、気の毒に思えてしまう。

「ルシア王女殿下はご立派な方だと思います」

「立派だと思った理由は？」

フェリックスは、自分の中にある〝ルシア王女殿下〟の表し方を考えた。

「ルシア王女殿下は、名女優です」

「……女優？」

「六歳までのルシア王女殿下は、『日陰に生きる王女』を見事に演じていました。アルジエント王国に留学してからは、『立派な王妃殿下になられる方』を。そして、帰国してからは『王位を望まない薄幸の王女』を演じてくれています」

フェリックスはエドワードの顔を見ながら、唇の両端《りょうたん》を上げた。

「ルシア王女殿下なら、『女王陛下』も完璧に演じてくださるでしょう」

今まで王女たちの王位継承権争いに口を出してこなかったフェリックスが、ルシアを女王にする未来を描いた。

この場にいる者たちは驚きながらも、心の中で「ありかもしれない」と思う。

アルジェント王国でのルシアの評判はとてもよかった。

フォルトナート王国に招かれたアルジェント王室の者たちは、いつだって心からルシアを讃え、次の国王をしっかり支える最高の王妃になるだろうと喜んでくれていた。

――ルシア女王陛下か。長女という大義名分もある。王としての資質もある。これからその方向で推《お》し進《すす》めていくのもありかもしれない。

――あの方であれば、社交界も見事に掌握《しょうあく》できるでしょう。使用人の使い方を心得ているし、皆が味方につくわ。

――人の心というものを知っていて、それを上手く利用できる力があるのは大会議で証明された。息子とも上手《うま》くやれそうだ。アシュフォード家が早々に後ろ盾《うしだて》になるのも悪くない。

エドワードは、この場の空気が変わり始めていることを感じていた。

しかし、それに流されるわけにはいかないと口を開く。

「ルシアを女王にすることはない。それはオリヴィアが生まれたときに決めたことだ」

フェリックスは、エドワードの言葉を聞いて驚いてしまった。

五人の王女の中で女王の適性を最も持つのはルシアである。皆も同意見のはずだ。

それなのになぜ、と疑問の眼をエドワードに向けた。

「王の判断が誤りであってはならない。それは王の権威《けんい》を下げてしまう」

エドワードは、ルシアを王位継承権争いから改めて外した理由を述べる。

フェリックスは拳を作り、ぎゅっと力を入れた。その通りだと納得してしまったので、
王の判断をひっくり返すための言葉が上手く出てこなかったのだ。

「次の女王はルシア以外にする」

エドワードの宣言に反論する者はいない。

しばらくしたあと、クロードは口を開く。

「陛下、そう決めたのであれば、ルシア王女殿下を王宮に留《と》め置いてはいけません」

クロードは王の意思を尊重した意見を述べた。

「ルシア王女殿下を女王にと望む者は、これから増えていくでしょう。そうなる前に王宮

から遠ざけるべきです」

あまりにもルシアの気持ちを無視した発言に、フェリックスは声を荒《あら》らげる。

「――他の国に差し出すと!?」

フェリックスの非難に、クロードは「最後まで聞きなさい」と手で制した。

「しかしながら、ルシア王女殿下の才覚を国政に生かさないのも勿体《もったい》ないと思います。他《よ》所《そ》の国に奪われれば、我が国の損失になります」

婚約者を失ったばかりのルシアを、次の婚約者に押し付ける展開にはならなかった。

フェリックスはほっとしかけたけれど、まだ安心してはいけないと己に言い聞かせる。

「ルシア王女殿下に、海洋都市チェルン＝ポートをお任せするのはどうでしょうか？」

クロードは、ルシアに辺境伯《へんきょうはく》という道を与える提案をした。

「チェルン＝ポートか……。ルシアが上手く統治したらどうするつもりだ？」

「上手くいけば、そのままずっと留め置くのです。任せられるのはルシア王女殿下しかいないと言い、『信頼《しんらい》』という形で報《むく》いるのです。逆に一度でも失敗したら呼び戻して、統治者に向いていないからグリーンウィックの領主に専念しろと命じましょう」

ルシアに王都から遠いグリーンウィックかチェルン＝ポートで静かに暮らしてもらえば、王座に近づけなくなる。異国に嫁《とつ》げと言われるよりはまだいいだろう。

「……父上」

フェリックスはそれでもあんまりだという視線をクロードに送ったけれど、クロードに無視されてしまった。

（ルシア王女殿下は婚約者を失ったばかりだ。それなのに今すぐ王宮から追い出すと⁉

ただ悲しむ時間も得られないのか⁉）

フェリックスは、眼の前で淡々と進められていく話に怒りを感じる。

ルシアは優秀《ゆうしゅう》だ。優秀だからこそ、王宮から弾《はじ》き出《だ》さなくてはならない。

そのことはわかっている。だとしても……。

「わかった。ルシアにはチェルン＝ポート辺境伯領を与えよう」

「御意《ぎょい》。幸いにも現チェルン＝ポート辺境伯であるガレス・ダンモアにはささやかな問題があります。それを見逃《みのが》す代わりに辺境伯の辞任を勧《すす》めましょう」

「ああ、たしか賄賂《わいろ》を受け取っていたという話があったな」

少々の賄賂で大騒《おおさわ》ぎしていたら、国政というものは成り立たない。

しかし、普段は見逃される程度のものも、こういうときは利用されてしまう。

フェリックスは、眼の前で行われる見事な『国政』に理解を示しながらも、心の中では納得できていなかった。

（ルシア王女殿下……。すまない、俺は君に優しくできなかった）

フェリックスはルシアの笑顔も気持ちも大事にしたかったのに、願うだけで終わってしまう。

ルシアはフェリックスのことを『王子さまみたい』と言ってくれたけれど、フェリックスはルシアの王子さまになれなかった。

深夜、ルシアは自室のソファに座っていた。

そして、己の膝の上にはフェリックスの頭が載せられていた。

テーブルの上にはワインとチーズとグラスが置かれたままなので、誰がどう見ても酔《よ》っ払《ぱら》ったフェリックスがうっかり寝てしまった場面だとわかるだろう。

「……どうしようかしら。この間のお礼にフェリックスを抱き上げて馬車に連れていきたかったけれど、流石に無理みたい。男の人ってかなり重いのね」

人を呼んで代わりに担《かつ》いでもらうという方法もあるけれど、フェリックスの意思を確認してからにすべきだ。やはり、フェリックスにも公子として見せてもいい姿と見せたくない姿があるだろう。

(私もドレスのうしろが濡《ぬ》れているところを見られないようにしてもらったもの)

ルシアは、もう少しだけフェリックスの目覚めを待つことにする。

「……うぅん」

しばらくすると、フェリックスの眼がうっすらと開く。しかし、すぐに閉じてしまった。

ルシアが「起きて」と声をかけるべきか迷ったとき、フェリックスの眼が再び開く。

「王女殿下⁉」

フェリックスは起き上がろうとしたけれど、途中で呻《うめ》いた。

ルシアはフェリックスの頭に手を添え、戻るように促す。

「いきなり起きては駄目よ」

「……すみません。……飲みすぎて、色々と迷惑《めいわく》をかけました」

フェリックスは、ぐらぐらする視界に耐えながらルシアに謝罪する。この部屋での酒盛りのことは覚えていたし、どうしてこのような状況になったのかも理解していた。

「いいのよ。楽しかったわ」

「……ずっと俺が愚痴っていただけですよね？」

大会議のあと、フェリックスはエドワードに呼び出された。

そこでルシアについて聞かれ、高く評価していると言ったら、思惑《おもわく》とは真逆の方向に話が進んでしまったのだ。

結局ルシアは、チェルン＝ポート辺境伯に任命されることになった。婚約者を失って帰ってきたばかりなのに、王位継承権争いから遠ざけたいというエドワードの思惑によって、王宮でゆっくりすることすらできなかったのだ。

悶々《もんもん》としてしまったフェリックスは、ワインを手にルシアの部屋へ押しかけた。

ルシアとワインを飲みながら話していたら……つい飲みすぎてしまったのである。

「私はね、貴方が怒ってくれて嬉しかった」

ルシアはそんなことを言いながら、フェリックスの頭を撫《な》でた。

フェリックスはルシアの冷たい手をとても心地よく感じてしまったので、そんなことはしなくてもいいですよとなかなか言い出せない。

「……貴女が王宮を出ることになったのは、俺の余計な言葉のせいです」

「ふふ、その話はもうしたあとよ。覚えていない？」

フェリックスはゆっくりと身体を起こす。

ルシアはそんなフェリックスに水を差し出した。

「覚えては……いますけれど」

「貴方が私を可哀想だと言って怒ってくれたから、私は気持ちを切り替《きか》えることができた。鏡の前で泣かなくて済んだのよ」

ルシアはチェルン＝ポート辺境伯に任命されるという話を聞いたとき、王宮から追い出されたことを理解した。

——本当は、心のどこかで少しだけ期待していたのかもしれない。王位継承権争いに加わることはなくても、ここで王女として尊重されることを。

それすら叶《かな》わないことを思い知ったルシアがつらい気持ちになっていたときに、フェリックスが来てくれた。

そして、ルシアの気持ちを全て代わりに吐き出し、怒ってくれたのだ。

フェリックスにここまでしてもらえたら、ルシアは悲しむだけではいられない。

「私は大会議のときに、この国の海について考えていた。港の整備をして密漁船との戦いにしっかり取り組みたいとか、そのためにはどうしたらいいのとか……。でも、これまで他国に留学していた私の言葉は軽すぎる。だからずっと黙っていたわ」

フェリックスとルシアは、互いの瞳をじっと見つめる。

「チェルン＝ポート辺境伯になれば、やってみたいと思ったことができる。誰かに与えられたことを受け入れるだけにはならない。私はそう思うことにした」

フェリックスの頬に、ルシアの手が添えられた。

「貴方が私を高く評価してくれたから、私は修道女ではなく、思《おも》い描《えが》いたことを実行できるチェルン＝ポート辺境伯になれたの。私は貴方に感謝している」

フェリックスは、ルシアの強さに圧倒される。

――彼女は薄幸の王女だ。でも、とても強い。自分の足で前に進んでいく。

フェリックスは、ルシアに言うべきことはルシアの力になる言葉であるべきだと思い直した。

「ルシア王女殿下をもっと高く評価しておけばよかったです」

「これで充分よ。ありがとう」

ルシアはフェリックスの頭を撫でる。

フェリックスは、その感触になんだかむず痒《がゆ》くなってしまった。

「……あの、俺のことを弟のように扱っていませんか？」

俺の方が年上ですよとフェリックスは苦笑する。

「ごめんなさい。長女だから接し方がどうしてもそうなるのかもしれないわ」

ルシアはくすくすと楽しそうに笑った。

フェリックスはそんなルシアに微笑みかける。

「俺は長女の王女殿下を甘やかしてあげたい側ですからね」

「そうなの？　私は貴方によく甘えているわよ」

「甘えたことなんてありましたか？」

フェリックスは「いつどこで？」と首を傾《かし》げてしまう。

するとルシアは、自分とフェリックスの間を指差した。

「今ここで甘えているじゃない。この部屋に『次の王配殿下』を不用意に入れるべきではないとわかっていたけれど、貴方の厚意に甘えて一緒にワインを飲んでしまった」

ルシアは、今夜だけは……とフェリックスに甘えた。

けれどもフェリックスは、納得できないという顔をする。

「俺は……もっときちんと貴女を甘やかしたかったんです」

「このぐらいでいいわ。貴方は私のお兄さまではないのよ」

「たしかにそうですね」

フェリックスはルシアの手を取り、手の甲《こう》にキスを落とす。

「俺たちは若い男性と女性でした」

「ええ」

ルシアはそれでいいと頷く。

「人の手を借りたいなら呼ぶわ。それとも一人で歩けそう？　もう少し休む？」

ルシアはフェリックスの前髪《まえがみ》をかきあげ、顔色を確認してみる。具合が悪そうには見えなかったけれど、じっとしていることならできるという状態かもしれない。

「……ここに泊まっていってもいいですか？」

「ええ、勿論よ。女官に部屋を用意させるから少し待って」

ルシアはそう言って立ち上がろうとしたけれど、フェリックスの指が手首に絡《から》み、引き止めてきた。

「その……この部屋のソファを借りても？」

「この部屋？」

「みっともないところを皆に見せたくないんです。これでも未来の王配殿下なので。朝早くにこっそり帰りますから」

ルシアに王女としての矜持《きょうじ》があるように、フェリックスにも未来の王配としての矜持がある。

ルシアは、友人の見栄《みえ》を張りたいという気持ちを尊重したかった。

「いいわよ。ちょっと待って。膝かけぐらいは貸せるから。帰るときは声をかけなくてもいいわ。気を付けてね」

ルシアは自分の膝かけをフェリックスに渡す。

「ありがとうございます」

フェリックスはそれを申し訳なさそうに受け取った。

ルシアは、フェリックスがしょんぼりしている犬に見えてきてしまい、ほんの少しだけ悪戯心《いたずらごころ》が湧く。

「おやすみなさい。いい夢を」

身体を屈《かが》め、フェリックスの肩に手をかけ、フェリックスの額にキスをする。

ルシアから完全に弟扱いをされたフェリックスはぽかんとしたあと、苦笑しつつ「おやすみなさい」と返した。

ルシアはふふと笑いながら寝室に向かう。

（今夜はいい夢を見ましょう。チェルン＝ポートでのびのび暮らす夢がいいわ）

ルシアはベッドに入り、眼を閉じ、青い海が広がるチェルン＝ポートの光景を想像した。

波の音はルシアの心を癒《い》やし、港町の活気のよさはルシアの心を弾ませるはずだ。

（あ……犬を飼うのもいいわね）

アレクサンドルは犬や猫《ねこ》が好きだった。けれども、動物の毛はアレクサンドルの呼吸によくないと主治医が言ったので、アレクサンドルもルシアもいつも遠くから眺めるだけにしていたのだ。

これからのルシアは、好きなときにいくらでも動物に触《ふ》れることができる。もしも捨て

犬や捨て猫がいたら、絶対に受け入れよう。

捨て犬ならば、フェリックスに似ているといいなと思った。


フェリックスは朝日によって起こされ、眼を開ける。

頭をかきながら昨夜のことを思い出したあと、ルシアの膝かけを丁寧に折ってソファの隅に置いた。

それから、テーブルに置きっぱなしになっていた水を一杯《いっぱい》もらう。今ならルシアの迷惑にならないように帰ることができるので、足音を殺しながらすぐに部屋から出た。

「……フェリックス公子さま？」

しかし、女官の仕事はもう始まっていたらしい。フェリックスはルシアの部屋から出てきたところを女官に見られ、声をかけられてしまう。

（誤解されるよな、これは）

神に誓《ちか》って昨夜は本当になにもなかった。

昨夜あったのは、フェリックスが酔っ払って愚痴を延々と零し、それをルシアに介抱《かいほう》してもらったというみっともないことだけである。

「えーっと……」

フェリックスはどう誤魔化《ごまか》すべきかを必死に考え……諦めた。いや、開き直った。

（そうそう。それなりの年齢の男女が一夜を共にしてなにが悪い）

プロポーズしたという話になれば家同士の問題になるけれど、個人的なお付き合いならば誰も咎《とが》めることはできないはずだ。

（ルシア王女殿下に近づこうとする不埒《ふらち》な男避《おとこよ》けになるだろうし）

フェリックスはルシアの盾になれるのならその方がいいと思い、女官の手を取って壁に優しく押し付けた。

「国王陛下には秘密にしておいてくれ。頼むよ」

そして、片眼をつむり、魅力的《みりょくてき》な笑顔を見せてやる。

「は、はいぃ……」

女官は顔を真っ赤にして、その場に座り込んでしまった。

フェリックスはそんな女官に片手をひらりと振り、堂々と王宮内を歩いていく。

すれ違う使用人たちに挨拶をして、朝早くに王宮を出ていったという証拠をこれでもかと残してやった。

第三章

海洋都市チェルン＝ポートは、フォルトナート王国の西海岸側にある。

元は小さな港町で、住民は漁業とレモンの栽培《さいばい》をしながら暮らしていた。

しかしあるとき、チェルン＝ポートの湾岸《わんがん》に軍港が造られ、海上戦の要所となる。その軍港を管理する目的で『チェルン＝ポート辺境伯《へんきょうはく》』という爵位《しゃくい》と領地が定められた。

ちなみに、税収があまり期待できないことから、このチェルン＝ポート辺境伯は名誉《めいよ》職《しょく》という扱《あつか》いである。どの時代も、他の立派な爵位を持つ者によって兼任《けんにん》されていた。

現在のチェルン＝ポート辺境伯は、ガレス・ダンモア伯爵《はくしゃく》である。しかし、ガレスは身体《からだ》の不調によって伯爵領とチェルン＝ポートへの行き来ができなくなり、辺境伯の爵位を王へ返還《へんかん》することになった。

その後任に選ばれたのは、第一王女ルシアだ。王宮で叙任式《じょにんしき》を済ませたルシアは、すぐにチェルン＝ポートへ向かうことになった。

——第一王女は、都合のいい駒《こま》にされたようだ。

婚約者《こんやくしゃ》を失って帰ってきたルシアの扱いに困った国王が、名誉職を与《あた》えるという形で王宮から追い出すのだろうと、貴族たちはひそひそと囁《ささや》き合った。

ルシアは皆からの同情の視線を浴びながら、仲良くなったフェリックスやその姉であるフィンダル侯爵夫人《こうしゃくふじん》マーガレットに別れの挨拶《あいさつ》をする。

家族とのお別れの晩餐会《ばんさんかい》では『貴女《あなた》には王宮よりも港町がお似合いよ』というお祝いの言葉をもらい、それから――……アンナベルの部屋の前に立った。

「アンナベル、ルシアよ」

結局、ルシアは王宮に滞在《たいざい》している間、アンナベルと一度も顔を合わせることができなかった。

最後にもう一度だけとアンナベルの部屋に寄ってみたけれど、やはり出てこない。

ルシアはアンナベルの侍女《じじょ》に頼《たの》み、アンナベルの寝室《しんしつ》のドアの前に立つ。

「聞いているかもしれないけれど、私はこれからチェルン＝ポートに行くの」

多くの人が、ルシアを馬鹿にしたり同情したりしていた。

けれどもルシアは、もう気持ちを切《き》り替《か》えている。

「きっと素敵《すてき》なところよ。いつでも遊びにきてちょうだい。好きなだけ滞在していって」

アンナベルの双子《ふたご》の弟は、亡き王太子《おうたいし》シモンだ。

きっとアンナベルは、ルシアの知らないところで、王太子との扱いの差に色々思うところがあっただろう。

同じように王位継承権《けいしょうけん》争いに振《ふ》り回《まわ》されたであろう妹が、王宮にいることで心苦しいのならば、遠く離《はな》れた地でのびのび暮らした方がいいかもしれない。

「じゃあ、私は行くわ。元気でね」

アンナベルの部屋から出たルシアは、胸を張って歩き出す。

ここからまた長旅だ。しかし、これからチェルン＝ポートでしたいことを考えていたら、あっという間に着くだろう。


海洋都市チェルン＝ポート。

漁港と軍港が隣接《りんせつ》するフォルトナート国の海辺の要所は、思っていたより賑やかだった。

潮の匂《にお》い、カモメの声、そして吹《ふ》きつける湿《しめ》った風。

ルシアは避寒《ひかん》のために毎年行っていたアルジェント王国の港町を思い出し、懐《なつ》かしさに眼《め》を細める。

「海風が爽《さわ》やか……というわけにはいかないわね」

うっかり外に長時間いたら、髪も肌も大変なことになるだろう。これからは常に気を付けなくてはならない。

「ルシア王女殿下《でんか》、到着《とうちゃく》しました」

馬車から降りたルシアは、いよいよチェルン＝ポート辺境伯邸《てい》に足を踏《ふ》み入《い》れる。

山の方に城があると聞いていたけれど、こちらで生活することにした。街の外れにあるこのカントリーハウスにいれば、街でなにをするにしてもすぐに直接足を運べ、指示を出しやすいからだ。

「チェルン＝ポート辺境伯邸の管理をしている執事長《しつじちょう》のバリー・ウェルと申します。王女殿下にお目見えできて光栄でございます」

門の前に立っていた初老の男性が、恭《うやうや》しく頭を下げてくる。

ルシアは優雅《ゆうが》に微笑《ほほえ》み、挨拶をした。

「私が新しいチェルン＝ポート辺境伯よ。まずは屋敷《やしき》の案内をお願い。荷物はとりあえずどこかの部屋に入れておいて」

「畏《かしこ》まりました」

バリーの指示で馬車から荷物が降ろされ、屋敷の中に運び込まれていく。

ルシアは玄関《げんかん》ホールに入ったあと、部屋の中をぐるりと見た。

大きな暖炉《だんろ》、多くの客人を迎《むか》えた艶《つや》のある絨毯《じゅうたん》、海の女神《めがみ》が描《えが》かれた絵画。それになんといっても、天井《てんじょう》で輝《かがや》いている見事なシャンデリア。

(歴代の辺境伯のうちの誰かが、随分《ずいぶん》とお金をかけてくれたみたいね)

二階に続くオークの階段は少しばかりすり減っているけれど、きちんとニスが塗《ぬ》られていて、落ち着きのある艶が出ている。きっと代々の執事たちがこの屋敷を愛し、丁寧《ていねい》に維《い》持《じ》してきたのだろう。

「とても素敵なカントリーハウスだわ」

「お気に召《め》したようでよかったです。先任の辺境伯さまはこの屋敷を古めかしいとおっしやって、あまりお使いにならなかったので……」

ルシアはあらあらと思ってしまう。

前任のガレス・ダンモア伯爵の領地は別のところにある。おそらくここは社交シーズンのついでに、年に数回ほど寄るだけだったのだろう。

「私はここで暮らすことに決めたわ。よろしくね」

「承知致《いた》しました」

バリーは早速、屋敷の中を案内してくれる。

まずは一階だ。玄関ホールの横にある武器庫、戦利品や勲章《くんしょう》を飾《かざ》るためのトロフィールーム、遊戯室《ゆうぎしつ》に居間《パーラー》、ダンスホール、晩餐会もできる立派な食堂。

二階に上がれば、辺境伯用の私室に執務室《しつむしつ》、奥方《おくがた》用の私室に子ども部屋、ティールームや書斎《しょさい》、サロン用の部屋に客室といった様々な部屋があった。そして、それらはいつでも使えるようにしてある。

「早速《さっそく》だけれど、ティールームにお茶を用意してくれる？　それから、この屋敷で働いている人たちを集めて。みんなの顔を見たいし、名前も知りたいわ」

冬になると、ルシアはアレクサンドルと共に避寒地《ひかんち》である港町へ行っていた。

そこにあるカントリーハウスもこのぐらいの大きさで、冬を楽しく過ごすことができた。

（ここもあの優《やさ》しいカントリーハウスのようになってほしい）

ルシアは自らティールームの窓を開け、海の風に金髪《きんぱつ》をなびかせる。

息を大きく吸ったら、ドアがノックされた。

「お茶の準備が整いました」

「入って」

ルシアはバリーに椅子《いす》を引いてもらい、優雅に座る。

「王女殿下のお口に合うかどうかはわかりませんが……」

バリーはそんなことを言いながら丁寧に茶を入れてくれた。

「これは……」

ルシアは匂いだけで、この茶の銘柄《めいがら》がわかってしまう。

キャラメルのような甘い香りのお茶といえば、一つしかない。

「アルジェント王国のお茶？」

「はい。長くそちらで暮らしていらっしゃったので、ご用意しておきました」

ルシアは、バリーの気の配り方に感心する。

この屋敷での暮らしは、とても良《い》いものになりそうだ。

「嬉《うれ》しい。このお茶はとても好きだったの。……よく手に入ったわね」

ルシアの着任の話を聞いてからだと間に合わないのではないかと思ったけれど、バリーは嬉しそうに頷《うなず》いた。

「ここはチェルン＝ポートです。世の中の様々な物がここを通っていきます」

「……そうだったわ」

アルジェント国産の茶葉も、この港でその一部が降ろされる。丁度船がこの港に寄っていったところだったのだろう。

(これは港町の強みね)

チェルン＝ポートには『望めばなんでも手に入る』という魅力《みりょく》がある。しかし、そのことをまだ誰も理解していない。

漁港とレモンと軍港があるだけのチェルン＝ポートから、望めばなんでも手に入るチェルン＝ポートという評判に変えていくことが自分の役目だろう。

ルシアは頭の中で今後のチェルン＝ポートについての計画を立てながら、茶に添《そ》えられていたクッキーに手を伸《の》ばす。

「クッキーも美味《おい》しいわ。どこのお店のものかしら」

少し塩気を感じるクッキーは、口の中でほろりと溶《と》けていく。

店に行ってみたくなっていたら、バリーが店の場所を教えてくれた。

「この屋敷のコックが作りました。お褒《ほ》めいただいて光栄です」

「そうだったの。王都で店を開いたら一番の人気店になると伝えておいて」

ルシアはティータイムをゆっくり楽しんだあと、とある決断をする。

「……決めたわ」

港町チェルン＝ポートを誰もが行きたくなる街にする。これが最終目標だ。

そのためにも、まずは港を発展させなければならない。

（どこの国の船も寄港したくなるような魅力を、チェルン＝ポート港に持たせる。食料、嗜好品《しこうひん》、ウィスキーにワイン……それから船の修理材料も必要ね。船乗りが遊べるところも増やさないと）

国内の評判を上げるよりも先に、国外の評判を上げた方がよさそうだ。その辺りのことは、チェルン＝ポート議会にも協力してもらおう。

「あとは海域の安全確保ね」

沿岸の警備をしている海軍との連携《れんけい》は、とても重要だ。

（やはり、足下《あしもと》を固めるところから始めたい。……どう考えても手が足りないわね。優《ゆう》秀《しゅう》な人材が必要よ）

さてどうしようか、とルシアは考える。

前任の辺境伯は現地で人を雇《やと》っていたのか、それとも家から連れてきていたのか。まずはその確認《かくにん》をしてみよう。

とりあえず明日は山にある城に行ってみて……と予定を立てていたら、ルシアの用件を済ませてくれる人物が自ら挨拶にきてくれた。

「辺境伯さま。面会を希望している方がいらっしゃいますが、どうしましょうか」

「私に？」

「チェルン＝ポート議会のエイモン・ストーム議長の令息であるメリック・ストームさまでございます」

客人を迎える場所は玄関ホールではなく、二階に上がったすぐの歓迎《かんげい》の間《ま》である。

この歓迎の間には、一枚板の木彫《きぼ》りの絵がかけられ、値段がつけられないような絨毯が敷《し》かれ、天井には豪華《ごうか》なシャンデリアがかけられていた。

ここは客人に『素晴《すば》らしい』と言わせるための場所なのだ。

「メリックさま、あちらへどうぞ」

バリーが客人を案内している。

緊張《きんちょう》していますという顔をしながらおそるおそる二階に上がってきたのは、二十代半ばの茶色の髪《かみ》の青年だった。

「お初にお目にかかります！　メリック・ストームです！」

メリックは、王族への挨拶の仕方がわからなかったのだろう。ルシアを見るなり勢いよく頭を下げ、そのまま固まってしまった。

「顔を上げて」

「し、失礼します！」

ルシアは、メリックが緊張しないように優しく微笑みかけた。

「議長の代わりにここへ？」

「え？　あっ、すみません！　そういうつもりでは……！」

どうやらメリックは、議長の代わりに挨拶をしにきたのではなくて、別件で訪《おとず》れたよう

「二階に通して」

だ。彼はカバンから書類を取り出し、ルシアに差し出す。

「あの！　引《ひ》き継《つ》ぎの資料です！　必要かもしれないと思って作ってきました！」

「引き継ぎ……？」

「ガレス・ダンモア伯爵さまの辺境伯としての執務を手伝っていた方々は、ダンモア伯爵家にほとんど戻《もど》りまして……」

ルシアは渡《わた》された資料をめくってみる。丁寧な字で様々なことが書かれていた。

「ありがとう、助かるわ。……ほとんどということは、残った人もいるのよね？」

「はい……。残ったのは、元々ここに住んでいる僕だけです……」

メリックは、城のどこになにがあるのかを唯一《ゆいいつ》知っている人らしい。親切な彼は、後任者が困らないようにしてくれたのだろう。

「メリック。貴方《あなた》は今、どんな仕事を？」

資料には数字も丁寧に書かれている。

おそらくメリックは、読み書きだけではなくて計算もある程度はできるはずだ。

「今は……職探し中です……」

「そうだったの。実は私、辺境伯の仕事を手伝ってくれる人を探していたところよ。私が雇うから、早速明日から城にきて」

「……！　本当ですか!?」

「ええ。これからよろしく」

ルシアが握手《あくしゅ》をするために手を差し出せば、メリックはあわあわとルシアの顔と手を交互《こうご》に見た。それから意を決したのか、ルシアの手を両手で握《にぎ》る。

「貴方は議長の息子《むすこ》よね？　議会についてだけれど……」

メリックは、議会とルシアの間に立つことができる人物のはずだ。

ルシアはメリックから議会の話を詳《くわ》しく聞いてみたかったけれど、その前にバリーが声をかけてきた。

「辺境伯さま、海軍のレオニダス・エルウッド将軍がいらっしゃいました」

もう次の訪問客が現れたらしい。

メリックは「将軍さま……⁉」と驚《おどろ》いたあと、慌《あわ》ててカバンを抱《かか》える。

「お忙《いそが》しいところ失礼致しました……！　それでは、僕はこれで！」

ルシアがなにかを言う前に、メリックは慌ただしく出ていってしまう。ルシアは賑やかな人ねと笑いながら、バリーに次の客人を通すよう頼んだ。

「ルシア王女殿下、お目見えできて光栄でございます。私は海軍で将軍職を頂いているレオニダス・エルウッドと申します」

歓迎の間に入ってきたレオニダスは、ルシアに最高礼を見せた。

ルシアは王女としての気品あふれる微笑みでそれに応える。

「この度《たび》は、チェルン＝ポート辺境伯のご就任おめでとうございます」

「ありがとう。これから皆《みな》と協力して、チェルン＝ポートの発展と防衛に力を尽《つ》くすつもりよ」

海軍は、ルシアのチェルン＝ポート到着日と住む場所をきちんと把握《はあく》し、すぐ挨拶にきてくれた。この様子なら、船に乗ってのんびり釣りをするのが海軍の仕事だと言い出すことはないだろう。

（軍をしっかり統率《とうそつ》している将軍がいてくれてありがたいわね）

ルシアはずっとフォルトナート王国を離れていたため、国内のことをあまり知らない。

レオニダスについても将軍だということしかわからない。まずはレオニダスの人となりをしっかり知っていこう。

「辺境伯さま、評議会のエイモン・ストーム議長がいらっしゃいました」

これからレオニダスと談笑《だんしょう》でもと思ったけれど、早々に三人目の訪問者の知らせが入った。どうやら今日は、多くの訪問客を迎えなければならない日らしい。

「慌ただしくて申し訳ないわね」

「とんでもないことでございます。お忙しい中、ありがとうございました」

レオニダスが下がれば、今度は議長のエイモン・ストームが入ってくる。

「お初にお目にかかります……！」

ルシアのチェルン＝ポート着任一日目は、様々な訪問客と挨拶をするだけで終わった。

挨拶の最中に気になる話も出てきたけれど、その前に皆との仲をもっと深めていかなくてはならない。信頼《しんらい》できる相手でなければ言えないことは、いくらでもある。

（これからすべきことを考えるだけでも眼が回りそうだわ。……でも、とても楽しい）

ルシアはここにいる間、驚くほど充実《じゅうじつ》した日々を送れる気がしてきた。

落ち着いたらフェリックスに手紙を書こう。あの心優しい友人は、ルシアのことを心配しているだろうから。


翌日、ルシアは馬車で山の上の城に向かった。

門番は馬車の紋章《もんしょう》を見るなり慌てて敬礼し、門を急いで開けてくれる。

ルシアは玄関のところで下ろしてもらい、メリックと共に城内に入った。

「とりあえず城の案内をしてもらおうかしら。お願いできる？」

「はい！」

メリックは城の主要部分を手際《てぎわ》よく説明してくれる。それから、この城の状況《じょうきょう》も教えてくれた。

「管理費の出所《でどころ》が曖昧《あいまい》……？」

「はい。城の所有者は辺境伯さまですが、管理人は議会と海軍になっています。なぜかというと、歴代の辺境伯さまはチェルン＝ポートに住んでいなかったからです。敵国に上陸されたとき、城を軍事拠点《きょてん》として使用したいと思っても、城の鍵《かぎ》がないと困ってしまうので……」

「ああ、そういうことだったのね」

この城は、辺境伯が大きなパーティーを開くときに使っていたらしい。パーティーに必要なものは辺境伯によって用意されていたけれど、普段《ふだん》の管理費は辺境伯から出ていたり市の税金から出ていたりと、実に曖昧だそうだ。

(その辺りのことも、そのうちはっきりさせないといけないわ)

曖昧だからこそ上手《うま》くいっている部分もあるだろうけれど、そこは前任者を辞任させるための『贈賄罪《ぞうわいざい》』に上手く使われたことがある。

いつかその辺りのことを追及《ついきゅう》されてもいいように、ルシアは金回りの整理整頓《せいとん》もしなければならないだろう。

「使用人とすれ違《ちが》わないわね。雇っている人はどのぐらいいるの？」

「年に数回、パーティーを開くときに、辺境伯さまが使用人を連れてきていました」

「……普段の掃除《そうじ》は誰が？」

「海軍が行っています。月に一度、砲台《ほうだい》の整備をするついでに城内の清掃《せいそう》と草むしりをしています。門番も海軍の人です」

ルシアはう〜んと唸《うな》りたくなった。

(今後のことを考えると、城内の清掃と庭の管理ぐらいはこちらでやっておくべきね。金も人手も出さずに口だけを出す者は最も嫌《きら》われるわ)

ルシアは、世の中は金を出して口を出さない人が最も好かれるものだと思いながら、メリックにもらった資料をじっと見た。

（お金……辺境伯の税収……。人件費とパーティーで使ったら終わりになりそう）

世の中、なにをするにしても金が一番の問題になる。

幸いにも、ルシアには母から受け継いだグリーンウィック女男爵領《おんなだんしゃくりょう》があった。

緑豊かな領地には温泉が湧き出ていて、貴族の別荘《べっそう》も多くあるため、領主であるルシアにかなりの税金が入ってくるのだ。

おまけに、ルシアの祖父のキース伯爵は商売上手の事業人で、他国に留学したルシアの代わりにグリーンウィックを管理し、ルシアの財産をせっせと増やしてくれていた。

「とりあえず、今日はここで開いていたというパーティーについて知りたいわね。前よりも素晴らしいと言われるものにしないと」

「……ここでパーティーを開くのですか？」

「ええ。パーティーだけではないわ。カントリーハウスでは議員の奥方や軍関係者の奥方を招いた茶会も主催《しゅさい》する。サロンも開くわよ」

招待状を書く人も雇わないとね、とルシアは呟《つぶや》く。

「まずはチェルン＝ポートの住人とチェルン＝ポートを守る軍人に、新しい辺境伯を受け入れてもらい、仲を深めていく。やりたいことをする前に足場を固めないと」

ルシアが最初にすべきことを明確にすると、メリックは息を呑《の》んだ。

「……あの！　辺境伯さまの最終目標はなんですか⁉」

メリックの質問に、ルシアは穏《おだ》やかに微笑む。

しかし、眼だけは可憐《かれん》な王女のものではなくて、野心を抱く辺境伯のものに変わった。

「このチェルン＝ポートをフォルトナート王国の海の守護騎士《きし》にし、王都に次ぐ大都市にするつもりよ」

それは、夢物語だと鼻で笑われてしまうほどの大きすぎる目標だ。

けれども、チェルン＝ポートで生まれ、チェルン＝ポートで育ったメリックは、この港町への愛があった。この港町にはそれだけの力があるということを信じられた。

「実現までかなりの時間がかかるでしょうけれど……」

「できます！　絶対に！」

メリックは、ルシアの言葉を待たずに勢いよく同意する。

「このチェルン＝ポートは自然に生まれた港町です！　チェルン＝ポート近くの海域には難所が多いんです！　船乗りなら絶対にチェルン＝ポートへ寄りたいんです！」

そして、自分の思い描いていた未来を他の人も見ていたことに喜ぶ。

「辺境伯さま！　僕はなんでもします！　協力させてください！」

ルシアは、メリックの熱意に微笑みを返した。

「ええ、頼んだわよ。私の言葉が夢物語ではないことを皆にも信じてもらうために、階段を一段ずつ確実に上っていきましょう」

「はい！」

メリックは、ルシアがパーティーを開くと言い出したとき、やはり高貴な方々というのはパーティーにしか興味を持たないのだと残念な気持ちになった。

けれどもルシアにとって、パーティーは目的ではなくて手段だったのだ。

そしてルシアの目的は、『チェルン＝ポートをフォルトナート王国の海の守護騎士にし、王都に次ぐ大都市にすること』だった。

メリックは、チェルン＝ポートへ期待を抱くルシアに感激する。

「では、パーティーの資料を集めましょうか」

「わかりました！」

パーティーや茶会を開くための準備は、山ほどある。

まずはテーマを決め、それに合わせた会場の飾り付けや料理や土産を考え、招待客を決めて招待状を出し、出席者の人数に応じてテーブルや椅子を用意し、警備の兵士や使用人たちへ臨機応変に指示を出さなくてはならない。

幸いにも前辺境伯はパーティー好きだったので、メリックはパーティーの準備を何度も経験している。

なんでも命じてください！　と元気よく言うことができた。

ルシアは海軍の軍人とその関係者を招いたパーティーを開いた。

第一王女のパーティーは、前任者である伯爵のパーティーよりも控《ひか》えめであってはいけない。

新しい辺境伯の初めてのパーティーは、キース伯爵に貸してもらった楽団による素晴らしい演奏の中で行われている。

城内のシャンデリアには無数の蠟燭《ろうそく》が取りつけられていて、色とりどりの花々は部屋を華《はな》やかにしてくれていた。

「これからはもう少し城の手入れをしようと思っているの」

美しいドレスを着たルシアは、海軍のレオニダス・エルウッド将軍にそんな話をし、城内の掃除と庭の草むしりのための人を雇った話をした。

「勿論《もちろん》、海軍にとって気になるところと私にとって気になるところは違うから、行き届かないところはこれまでと同じように頼むわね。庭師には、海軍に頼まれた通り剪定《せんてい》するよう言っておくわ」

ルシアの発言に、レオニダスは感心してしまった。

山にある城は、敵の上陸を許してしまったときの砦《とりで》として使われる。だから海軍は砲台の整備点検をし、火を投げ入れられても大丈夫《だいじょうぶ》なように草むしりもしていた。

それからもう一つ、気を付けていたことがある。

城壁の内側には、敵の視界を邪魔《じゃま》するための木があるのだ。庭を整えるためにそれを切られては困るということを、ルシアは言われなくてもきちんとわかっていた。配慮《はいりょ》すると先に申し出てくれた。

――若いのに話がわかる辺境伯だ。

レオニダスは、王女だからなのかもしれないと思う。

高貴な方々は、下々《しもじも》の使い方をよく心得ているはずだ。寧《むし》ろそうであってほしかった。

「海軍はフォルトナート王国の海の守護騎士よ。活躍《かつやく》を期待しているわ」

ルシアはそう言って微笑む。

海軍は陸軍と違って、そのときの情勢によってあっさり人員削減《さくげん》されたり、一気に増やされたりする。英雄《えいゆう》のように扱われることもあれば、海でのんびりしているだけの給料泥《どろ》棒《ぼう》だと言われることもあった。

しかしルシアは、海軍を重要視していることを早々に宣言してくれる。

それは、海軍をとても喜ばせる言葉であった。


港町チェルン＝ポートには、議会が置かれている。

議会は辺境伯へ税金を納める代わりに、自治権のようなものを得ていた。

チェルン＝ポート辺境伯は名誉職のようなものであり、兼任されるということもあって、基本的にチェルン＝ポートの行政へ口を出さないようにしている。

……とはいっても、チェルン＝ポートは豊かな街ではなかったので、歴代のチェルン＝ポート辺境伯が細かく口出しをしても大した金は得られないと判断し、特になにもしなかっただけというのが正しいだろう。

ルシアは新たなチェルン＝ポート辺境伯になってから、チェルン＝ポート議会の議員と商工会の人たちを晩餐会に招待し、これからのチェルン＝ポートについて穏やかに語り合った。

「街と港を少しずつ整備していこうと思うの。近いうちにチェルン＝ポート港はフォルトナート王国にとって重要拠点になるはずよ。商機を逃《のが》したくはないわ。街の広場、税関や穀物倉庫といったものを少しずつ建てていきましょう」

「この街が重要拠点に!?　素晴らしいです！」

「確かに今後のことを考えたら、この港町にも大きな倉庫が必要ですね。詳しくお聞かせください！」

議会は自分たちの街の発展を喜び、商工会は商売の好機に飛びつく。

ルシアは、今はまだ大きな計画について口にせず、わかりやすくて実現しそうな話だけを彼らに聞かせた。

「なるほど！　他国の船から通航料を取り、それを街の整備の財源にすると……！」

「最初は払《はら》ってもいいと思える金額にしましょう。反発されると厄介《やっかい》だわ。海軍と連携しないといけないから、その話し合いもいずれはするつもりよ」

元々漁村であったチェルン＝ポートは、時代の流れと共に自然と港町になった。そして長期の航海が行われるようになった今、異国の船が補給のために寄っていくようになっている。

今のところ、寄港した船に食料も物資も提供できているけれど、何隻《せき》もの大きな船の乗組員たちを一気に受け入れられるような街ではない。この先の街づくりを本格的に考えなければならない時期になっていることは、皆もわかっていた。

——これからのチェルン＝ポートを考えてくれる辺境伯さまがきてくれた。

皆、どうにかしたいと思っていた。けれども、田舎《いなか》の港町ということもあって、大きなことを考えて皆を引っ張っていくというのは、議会であってもなかなか難しかった。

そんなときにやる気のある辺境伯がきて、なにをすべきかを明確にして、財源確保のための計画も立ててくれたのである。

「いずれは新しい店も必要になるでしょう。とりあえず、私の友人をもてなせるようなレストランと宿と新しいテイラーをこちらで用意しておくわね」

商工会というのは閉鎖的《へいさてき》で、自分たちの利益を確保するために、新規出店の許可はよほどのことでない限り出さない。

しかしルシアは、『王女の友人をもてなすための店を開く』と言った。

田舎町に貴族向けの店を開かれても、自分たちの商売敵《しょうばいがたき》になることはない。

飲食店や宿屋を経営している者たちは、王女が自分のための店を開くのならば是非《ぜひ》どうぞと受け入れてくれた。


ルシアはパーティーや晩餐会を開き、海軍や議会や商工会と友好的な関係を築きたいことを示した。そのあとは、彼らの家族を茶会に招いた。

軍人の妻たちは、子どもと共に夫へついてきている者もいれば、夫をチェルン＝ポートに単身赴任《たんしんふにん》させて実家で暮らしている者もいる。

ルシアは田舎暮らしをしている軍人の妻たちを、王女主催の茶会という栄《は》えある場に招待し、特別な日という楽しみを与えた。

「まぁ、なんて素晴らしいお部屋なの……！」

「王都ではこのようなものが流行しているのですね……！」

軍人の夫を持つ女性たちは、最初は緊張していてなにを話せばいいのかわからなかったようだ。けれどもルシアは、彼女たちの夫を褒《ほ》め称《たた》えて気分をよくさせ、一人ひとりに声をかけて話を盛り上げていった。最後は、誰もが楽しい茶会だったと言いながら帰っていく。

それからも、軍人の妻のための刺繍会《ししゅうかい》や詩集の朗読会が開かれた。軍人の妻たちは、ルシアの教養の高さや気品のある姿にどんどん惹《ひ》かれていく。

そしてある日、レオニダスの妻であるヴィオラが自ら動いた。

「辺境伯さま、娘《むすめ》のセリーヌです。辺境伯さまと歳も近いですし、チェルン＝ポートにご滞在中の身の回りの世話や話し相手として丁度いいかと思います。いかがでしょうか？」

どうやらヴィオラは、ルシアが茶会でぽろりと零《こぼ》した「お父さまのおかげで護衛騎士たちの用意は間に合ったけれど、侍女の用意は間に合わなかったのでとても困っている」という発言に、ようやく旨《うま》みを感じてくれたようだ。

（今後のためにも、海軍のレオニダス・エルウッド将軍一家とはできるだけ親密になっておいた方がいい。奥方から落としていくという作戦は上手くいったようね）

レオニダスもヴィオラも、王宮内の勢力図を知っているはずである。

娘をルシアの侍女にしたら、ティラー侯爵《こうしゃく》にもホフマン侯爵にもにらまれることをわかっているだろう。

しかし、ルシアとの交流を深めた結果、田舎町にいる間だけなら娘を預けてもいいと判断してくれたのだ。

「ありがとう。セリーヌを私の侍女として通わせてちょうだい」

ルシアは緊張しているセリーヌに微笑みかけた。

一つ年上のセリーヌは、ほっとしたような表情に変わる。

（あともうひと押しね）

　軍人の奥方から信頼される辺境伯になり、娘から憧《あこが》れられている辺境伯にもなれば、父親のレオニダスも自然と彼女たちに影響《えいきょう》されるだろう。


「数年分のパーティーと晩餐会と茶会を開いた気がするわ……」

「お疲《つか》れ様《さま》でした」

　ルシアは、臨時の社交シーズンを無事に乗り切った。

　まずは一番頑張《がんば》ってくれたメリックを讃《たた》えておく。

「メリックもお疲れさま。指示通りに動いてくれた貴方のおかげで、全てが上手くいったわ。貴方がいてくれて本当によかった」

　ルシアは今回の臨時の社交シーズンを通して、メリックの能力に驚かされた。

　どうやら先任の辺境伯は、議会の橋渡《はしわた》し役にもなってくれるメリックにチェルン＝ポートの全てを任せていたようだ。

　メリックが、ルシアにあれをしたいこれをしたいと言われたときにすぐ動けたのは、それだけの能力と経験があったからだろう。

「僕は言われたことをしただけです。辺境伯さまこそ素晴らしい采配《さいはい》でした！　軍人に議員、商人にご夫人方……相手に合わせてのおもてなしというものを、しっかり学ばせてもらいました！」

ルシアは、メリックの発言に戸惑う。

パーティーや晩餐会の主宰になり、相手に合わせたおもてなしをすることは当たり前のことだと思っていたけれど、考えてみれば王妃《おうひ》教育のおかげで身についた特殊技能《とくしゅぎのう》だったかもしれない。

もしもルシアがただ甘やかされてきただけの王女だったら、このような結果にならなかっただろう。

（……アルジェント王国で得たものは、きちんと私の中に残っている）

亡《な》き婚約者が語っていた海の夢も、異国での王妃教育で得たものも、チェルン＝ポートにきてからずっと活《い》かされている気がする。

「私も実務を通して色々なことを学べたわ。……ここからはいよいよ第二段階ね」

チェルン＝ポート辺境伯の仕事は、ルシアのこれまでの人生を肯定《こうてい》してくれた。

「はい！」

ルシアとメリックの会話が一区切りつくと、侍女セリーヌが茶を用意をしてくれる。

セリーヌは見事な作法で茶を入れ、ルシアの前にカップを置いた。

「とても美味しい。上手くなったわね」

「……！　ありがとうございます」

レオニダス・エルウッド将軍の娘であるセリーヌは、ルシアより一つ年上の十八歳だ。

セリーヌはルシアの元へ侍女として通うようになってから、貴族令嬢《れいじょう》の礼儀作法《れいぎさほう》を一から学び直した。

歩き方、お辞儀《じぎ》の仕方、発音、社交界での会話の仕方……ルシアが習ってきたことをそのままセリーヌに教えれば、セリーヌはしっかり自分のものにしていく。

父親であるレオニダスは、田舎暮らしをさせているセリーヌが貴族の令嬢よりも貴族の令嬢らしい立《た》ち居振《いふ》る舞《ま》いをするようになって喜んでいるらしい。

「辺境伯さま。そういえば、父はしばらく陸にいるそうですよ」

ルシアはレオニダスを懐柔《かいじゅう》するという目的でセリーヌを預かり、礼儀作法の教育を受けさせていた。その結果、セリーヌは優秀な侍女になってくれた。

今のセリーヌは、ルシアとメリックの会話の内容をきちんと理解しているし、ルシアに必要な情報をこうやってそっと渡してくれることだってある。

「……メリック、オークの木の輸送準備は？」

「手配済みでございます」

「船大工《ふなだいく》たちは？」

「集まっております」

「彼らが住む家の用意は？」

「完了《かんりょう》しております」

ルシアは、チェルン＝ポートの住人やチェルン＝ポートを守る軍人たちと親交を深めていくのと同時に、水面下でとある準備をしていた。

あれもこれもとルシアに働かされていたメリックには、給料と休暇《きゅうか》で応えよう。

「メリック、セリーヌ、明日は海軍基地まで散歩するわよ」

ルシアの言葉の意味を正しく理解した二人は、しっかり頷く。

明日のルシアは、『信頼できそうな新任の辺境伯』から『共通の目的を持つ盟友』になる第一歩を踏《ふ》み出《だ》すつもりだ。


新しい辺境伯であるルシアの姿は、港町チェルン＝ポートのあちこちで見かけるようになっていた。

彼女は日傘《ひがさ》を差しながら侍女や護衛騎士と共に歩き、海を眺《なが》めたり、散歩中の犬に声をかけたりし、ときには新しくできる店の様子を見に行っている。

――王女殿下は、チェルン＝ポートの街並みを気に入ったようだ。

ルシアが臨時の社交シーズンを作って海軍や議会や商工会の人たちと交流を深めたこともあり、住人からの評判はじわじわとよくなってきていた。

「ごきげんよう、エルウッド将軍」

ルシアは今日、海軍のレオニダス・エルウッド将軍との面会を予定に入れている。

これまでルシアは、レオニダスに友好的な態度を取り続け、金は出しても口は出さない素晴らしい辺境伯であり続けた。

けれども、今日からは違う。金を出して口も出す、どこにでもいる辺境伯になるのだ。

「ルシア王女殿下、ようこそいらっしゃいました」

ルシアが海軍基地に足を運んだら、レオニダスは迎えてくれた。

にこりと微笑んだルシアは日傘をセリーヌに渡し、レオニダスにエスコートを頼む。

「こちらへどうぞ」

「ありがとう」

貴賓用《きひんよう》の応接室に通されたルシアは、ソファへ優雅に座る。

レオニダスはその向かい側に座った。

「メリック、将軍に資料を渡して」

「はい」

メリックはレオニダスの前に資料を置く。これにはルシアと何度も練り直ししたチェルン＝ポートの未来図が書かれていた。

「私はチェルン＝ポート辺境伯として、この街を発展させていこうと思うの」

「ありがたいお言葉でございます」

ルシアは、辺境伯であれば誰でも口にする言葉から始める。

この時点のレオニダスは、ルシアの野望を全く想像できていなかった。

「――そのためにまず、海軍の船を増やすわ」

ルシアは、問題発言の大砲《たいほう》をレオニダスに一発撃《う》ち込《こ》む。

レオニダスはルシアの強烈《きょうれつ》な大砲を至近距離《しきんきょり》から味わってしまったため、すぐに体勢を立て直すことができなかった。

「……それは国王陛下のご命令ですか？」

「いいえ、私の判断よ」

海軍の船を増やすというのは、軍備増強以外の何物でもないはずだ。パーティーと違って、辺境伯が「やりたい」と言えば叶《かな》うことではない。

「軍艦《ぐんかん》の建造にはお金がかかります。造れと命じれば造れるものではありません。維持費も必要になります。それに、新しい軍艦を動かす際には、海軍の軍人を増やすか、乗組員を新しく雇わなくてはならないでしょう。海軍の軍備増強を考えてくださったのは大変ありがたいことですが……」

ルシアはメリックに目配せをする。

メリックは資料をめくり、レオニダスに必要物資の調達方法が書かれている頁《ページ》を見せた。

「軍艦の建造に必要なオークは、グリーンウィックから運ばせる。あそこは羊毛産業も盛《さか》

んだから、帆《ほ》に必要な布も用意できるわ。船大工も集めた。資金は私が出す。あとはチェルン＝ポートの造船所を動かすだけ」

ルシアは、軍艦の建造の準備は整っていると宣言する。

レオニダスは驚きながらも大事なことを確認した。

「私財で軍艦を造ると⁉　軍艦の建造には国王陛下の許可が必要です！」

「あら、言い間違《まちが》えたわね。私が造らせるのはただの船よ。私が乗るための船。それなら許可は必要ないわ。それを親切な私が海軍に無償《むしょう》で貸すだけ。国の予算が降りたら、勿論買い取ってもらうけれど」

船を造るだけなら、国王の許可は必要ない。商人は自分のための商船を好きなように造っているし、大きな商船になれば海賊《かいぞく》対策のための大砲も載せている。

「貴方も気づいているでしょうけれど、これからのことを考えたら急いで軍艦の数を増やさなければならないわ。海は物流の要になる。海上戦を制す者が世界を制す」

「……同感です」

「王宮は海から離れたところにあるから、海の事情に疎《うと》い。海の支配権が必要だと気づいて船を造るための予算を確保し、それから木材の手配や船大工の手配をしていたら遅《おそ》すぎる。その頃《ころ》には、軍艦のためのオークは輸出されて枯渇《こかつ》したあと。船大工も異国に雇われてしまっている」

ルシアがここまで海に詳しいのは、亡き婚約者アレクサンドルのおかげだ。

彼は遠くの国との貿易に力を入れたいと常に語っていた。

まだ見ぬ香辛料《こうしんりょう》、染料《せんりょう》、茶葉――……これから必要とされるものを誰よりも早く探しにいこうとしていたのだ。

「海上戦を制したら、貿易に集中できる。私はこのチェルン＝ポート港を多くの商船の寄港地にするつもり。それも安全な……ね」

チェルン＝ポートから離れて外海まで行くと、潮の流れが速くて複雑になるため、どの船も内海であるチェルン＝ポート付近を通りたい。自然と船が集まってくるチェルン＝ポートだからこそ、今は海賊《かいぞく》にとって絶好の狩場《かりば》となってしまっているのだ。

海軍は自国の船を守るために海上で警戒《けいかい》しているけれど、手持ちの軍艦では海賊船の速さに対応できていないというのが現状である。

「速度を出せる新しい船が完成するまで、海に猟犬《りょうけん》を放つわ」

「猟犬？」

ルシアはちらりとメリックに視線を送る。

メリックは資料をめくり、『猟犬』について書かれている部分をレオニダスに見せた。

「異国の船のこと。港を使うための通航料の話はしたでしょう？　私は彼らと『海上に浮《う》いている荷物を拾っても見て見ぬふりをする』という約束をする。元々は海賊船の積荷《つみに》だったとしてもよ」

異国の船にとって、海賊船を追《お》い払《はら》うことには意味があるけれど、海賊船に乗り込んで海賊を捕《と》らえても得になることはなに一つない。この国の沿岸法では、持ち主を失った船——……海賊たちが乗っていた船とその積荷は、海軍へ引き渡すことになっているのだ。

しかし、海に漂流《ひょうりゅう》してしまった荷物の所有者は、法律で決められていない。つまり、海賊船の積荷を一度でも海に浮かべれば、なにをしても問題にならないのだ。

「……襲撃《しゅうげき》前の海賊船には、食料と武器しか積まれていません」

レオニダスは、海賊船を襲《おそ》って積荷を奪《うば》い取《と》ることは異国の船にとってかなりの賭《か》けになるのではないかと心配する。

するとルシアは、資料に書かれている沿岸法を指でなぞった。

「海上に浮いている荷物に関しては、法で規定されていない。……つまり、海賊船を襲い、本拠地《ほんきょち》を吐かせ、溜《た》め込《こ》んでいた金品を筏《いかだ》に載せて一度でも海に流してしまえば、それを誰が手にしても沿岸法に違反することはないのよ」

ルシアは、他国の船に海賊船だけを襲わせるのでなく、本拠地も襲わせるつもりでいる。

利用できるものがあるのなら、最大限利用すべきだ。

「通航料を少々払えば、海賊船狩りで儲《もう》けることも可能になると思わせましょう」

儲かると判断した商人が出てきて、海賊船狩りをするための船を出してこの海域をうろうろしてくれたら、他の船は通航料を払うことで安全を買おうとしてくれるだろう。

「海賊たちが襲われる側になったことを自覚したら、この辺りに寄り付かなくなる。海賊船狩りをしている船もこなくなる。でも、その頃には新しい軍艦が完成している。また海賊船がくるようになっても、海軍だけで追い払えるはずよ」

——第一弾《だいいちだん》の八隻の軍艦が完成するまで、異国の船を海の番犬にしよう。

ルシアのこの提案に、レオニダスは驚くばかりだった。

「チェルン＝ポート港周辺が安全だとわかれば、寄港する船は必ず増える。チェルン＝ポート港にお金が落ちる。これはこの街にとってありがたい話よ。議会にもお金を出してもらって、港の整備をどんどん進めていくわ」

チェルン＝ポートは今、珍《めずら》しいものも入ってくる港町というところが売りだ。

しかしルシアは、それに満足するつもりはない。

なんでも望めば手に入る港町という評価を得たら、価値のある大都市になれる。

「三年後には、どの貴族もチェルン＝ポートにカントリーハウスがほしいと言い出すようにする。あの山に貴族の邸宅《ていたく》が立ち、雇用《こよう》が増える。貴族用の高級店も増えていく」

今のところ流行のドレスを作れるテーラーは、ルシアに連れてこられた職人しかいない。

貴族をもてなせるような実力のあるコックもパティシエも、ルシアに呼ばれた者だけだ。

けれども、世界中の人と物がこの港を通るようになれば、ここから流行が生まれる。才能を持った者たちは、自然と集まるようになる。

「ここはフォルトナート国の海の玄関ホールになるのよ」

ルシアの壮大《そうだい》な計画に、レオニダスはただ圧倒《あっとう》された。

計画は軍備増強だけを目的にしたものではなくて、得られるものや生み出されるもの、得られたものや生み出されたものの活用方法まで、しっかり考えてあったからだ。

「少し先の話もしてしまったみたいね。とりあえず今は軍艦を……私のための船を造る話を共有できたらそれでいいわ。あとは海賊船と戦う異国の船を見守ってほしいことと、通航料を払っていない船を追い出してほしいということもね」

誰だって、大きな計画を一度の説明で理解し、その場で納得《なっとく》するというのは難しい。

レオニダスには考える時間が必要だろう。

「造船計画のもっと細かい話が聞きたいのなら、セリーヌから聞いても構わないわ。貴方だけには話してもいいと言っておくから」

ルシアは貴族語で『セリーヌをスパイにしてこそこそ探《さぐ》らせなくても、知りたかったら教えてあげる』と言っておく。

「それでは失礼するわ。今日は議会にも用があるの」

ルシアは自ら立ち上がり、行きましょうとセリーヌとメリックを見た。

部屋の外で待機していた軍人は、「お帰りはこちらからどうぞ」とルシアたちを案内してくれる。

ルシアは折角《せっかく》だから基地内を見て回りたかったけれど、海軍との強固な信頼関係ができていない今は、軍内部という機密だらけのところを自由に歩かせてもらえないだろう。

「……あら？　子犬？」

どこからか子犬の可愛《かわい》らしい鳴き声が聞こえてきた。

案内の軍人は振《ふ》り返《かえ》り、あちらですと教えてくれる。

「少し前、この基地で飼っている犬が子を産みまして……」

「名前は？」

「母犬がデイジー、子犬がウィルとテディです」

繋《つな》がれている母犬の周りで、子犬が楽しそうに遊んでいた。

まだ手足が上手く動かせないのだろう。危なっかしい動きでじゃれ合い、甘噛《あまが》みし合い、母に甘えにいくその姿はとても可愛らしい。

「今、子犬たちの引き取り手を探しています。見つからなかったら皆の実家にも声をかけるつもりです」

「そう、引き取り手が必要なのね」

ルシアは覚悟《かくご》を決めた。

「ウィルとテディの引き取り手が見つからなかったら、私が飼うわ。カントリーハウスで飼うから広いところで暮らせるし、散歩のついでにデイジーへ会いにいくこともできる」

「王女殿下が……ですか？」

「ええ。覚えておいてちょうだい」

動物を飼いたいと思っていたルシアの前に、二匹《ひき》の子犬が現れた。

もしかしたらこれは、運命の出会いになるかもしれない。

「わかりました。担当者にお伝えしておきます」

「頼んだわよ」

ルシアは二匹の子犬をこの腕《うで》に抱《だ》く日を楽しみにしながら、次は議会庁舎に向かった。


毎日が充実していて、夢を見る暇《ひま》もない。

それでもルシアは寝《ね》る前に夜空を見て、神に祈《いの》りを捧《ささ》げていた。

――アレク、私は元気にやっているから心配しないでね。

ルシアが風邪をひけばおろおろし、ルシアが怪我《けが》をしたら代わりに泣いていた心優しい婚約者は、きっとルシアを今もどこかで心配しているはずだ。

「辺境伯は私に合っていたみたい」

ルシアが明日も頑張ろうと自分を励《はげ》ましていたら、ドアをノックされた。

「辺境伯さま、お客さまがいらっしゃいました」

「どなた？」

酒場はまだ開いているだろうけれど、普通《ふつう》の人はもう寝る時間だ。

ルシアは、よほど急ぎの用件を抱えている人がきたのだろうとドアに向かう。

「フェリックス・アシュフォード公子さまです」

「……フェリックス？」

もしかして、王都でなにかあったのだろうか。

ルシアは不安になりつつ、歓迎の間に案内してという返事をする。

急いで鏡を見ておかしいところはないかを確認し、それから自分の部屋を出た。

「フェリックス、王都でなにかあったの？」

ルシアは、歓迎の間に現れたフェリックスへ心配そうな顔を向ける。

するとフェリックスは、なぜか首を傾《かし》げた。

「王都ですか？　特になにもなかったですよ」

ルシアは瞬《まばた》きをしたあと、フェリックスを自分の部屋へ招く。

「ならどうしてここに？」

王都からチェルン＝ポートまでそれなりの距離がある。ちょっと寄ってみたというわけにはいかない。

「それはもう……」

フェリックスは笑った。そして、当たり前だろうという響《ひび》きを声にのせる。

「ルシア王女殿下のことが心配だったからです」

フェリックスの答えは、ルシアにとって想定外だった。

勿論、自分たちは友人と呼べる間柄《あいだがら》だろうし、友人を心配するのも当然だ。けれども、フェリックスの心配は「無事にチェルン＝ポートへ到着した」というルシアの手紙一枚でどうにかなるものだと思っていた。

「……もしかして、私の手紙は届かなかったの？」

「届いたけれど、着いたということしか書いてありませんでした。そこからなにも連絡《れんらく》がなかったので、どうしているだろうかと気になっていたんです。最初は手紙を書こうかと思ったんですが、文字だけでは伝わらないこともあるので、直接行こうかなと」

ルシアはますます驚く。

そこまでフェリックスに心配されていたなんて、想像したことがなかった。

「チェルン＝ポートまできてくれて嬉しいわ。ありがとう」

ルシアの心がじわりと温かくなる。

感謝の気持ちを込《こ》めてフェリックスを見たら、フェリックスはからかうような声を出した。

「本当ですか？」

「ええ。その証拠に一番いいワインを開けてあげる。泊《と》まるところはあるの？　まだ決めていないのなら、ここに泊まっていって。客室を用意させるから」

ルシアはベルを鳴らし、使用人を呼ぶ。フェリックスのための部屋と食事の用意を頼み、一番いいワインを用意させた。

「軍艦を造る⁉」

「ええ、ようやく準備が終わったところなの。……あ、一応、私の船よ。でもお父さまには内緒《ないしょ》ね」

フェリックスの食事が終わったあと、ルシアはフェリックスと色々な話をする。その際にチェルン＝ポート辺境伯としての取り組みを話せば、当然だけれど驚かれた。

「元気にやっているどころか、随分と派手にやっているみたいでよかったです」

フェリックスがほっとしたように言うから、ルシアはそうねと笑う。

「きっと貴方のおかげよ」

「俺ですか？　なにもできていないと思いますけれど」

ルシアはフェリックスの顔をじっと見た。

いつだってフェリックスの瞳には、優しい光が灯《とも》っている。

「私が前を向いていられるのは、貴方がいるから。貴方はいつだって私に『そこにある幸せ』を教えてくれる。だから頑張ろうと思える」

フェリックスは、ルシアの生命力あふれるきらきらと輝く瞳に息を呑み、そしてため息をついた。

「今のは凄《すご》い口説き文句ですね」

「あら？　こんなことで口説かれてくれるの？」

ルシアはくすくすと笑い、ワイングラスを持ち上げる。

「私と貴方の再会に乾杯《かんぱい》」

「……乾杯」

互《たが》いにグラスを掲《かか》げ、改めて再会を祝い合う。

「貴方の話をもっと聞きたいわ。楽しい話も、楽しくない話も、両方よ」

「どちらも沢山《たくさん》ありますよ」

チェルン＝ポート辺境伯になったルシアは、王宮内のことを『私には関係ない』で済ませるわけにはいかなくなっていた。

ルシアは、フェリックスの話の中に気になるところが出てきたら、より詳しい説明を求める。

「大聖堂の塔《とう》の修復はあと二月《ふたつき》もしたら終わりそうですね」

「無事に終わりそうでよかった。完成を祝うミサの日が決まったら教えて。うっかりすると陛下からの連絡は妹たちに握《にぎ》り潰《つぶ》されて、欠席することになりそうだわ。ついでに陛下へ頼まなくてはならないこともあるから、よろしくね」

「わかりました、必ず連絡します。……その代わり、偶《たま》にはゆっくり休んでくださいね。なにか手伝えることがあればいくらでも手伝いますから」

フェリックスは、王都にただ戻るだけではなさそうなルシアを労《いたわ》ってくれた。

「ありがとう。きっと私のやりたいことは、私が辺境伯にならなければできないことだった。……それがとても誇《ほこ》らしい」

王宮を追い出されたことを嘆《なげ》く王女は、もうどこにもいない。

ここにいるのは、輝かしい未来を掴《つか》もうとする若きチェルン＝ポート辺境伯だ。

「──貴女は強くて立派な人だ」

フェリックスは今、それだけしか言えなかった。

ルシアは新しい土地で、充実した毎日を過ごしている。

逆にフェリックスは、王都でつまらない日々を送っているだけだった。そんな自分が恥《は》ずかしくなってきたのだ。

「そう見えていたら嬉しいわ。……本当はね、心弱い自分もいるのよ。でも、そうなりたくないと思っている」

「大丈夫です。貴女にも心弱いところがあるから、人の弱さに気づいて寄《よ》り添《そ》える優しさも持っているんです」

フェリックスはルシアに微笑む。

──この方は、強くて、立派で、優しい人だ。

神はやはりいるのかもしれないと思ってしまった。こんな人を王族として生み出してくれたことに、感謝したくなる。

「ルシア王女殿下がいてくれてよかったです。俺は、娘を利用するばかりの陛下も、自分の娘のことしか考えない王妃殿下たちも、自分のことしか考えない王女殿下も嫌いでした。

王家の血のせいでこうなったんだと思っていたんですけれど……」

フェリックスは肩をすくめる。

「王家の血を引くルシア王女殿下がとてもご立派な方なので、あれは血のせいではなかったとわかりました。それぞれに問題があるだけです。だから俺は王家に絶望しなくて済みました。……いつの日か、自分の子を可愛がれる気がします」

フェリックスは、ルシア以外の王女と結婚《けっこん》することが決まっている。

ルシアからは、フェリックスはその覚悟をしっかり決めているように見えていたけれど、彼はまだ若者だ。

(自分の子を愛せないかもしれない。自分も国王陛下のようになってしまうかもしれない。……フェリックスがそのことに悩《なや》んでいても当然だわ)

ルシアの存在がフェリックスの救いになったのなら、とても嬉しい。

「貴方の子は王家の血を引く。その子は私に似ているかもしれないし、貴方に似ているかもしれない。だから大丈夫よ。自分の子を愛してあげて」

ルシアはフェリックスの隣《となり》に座り直し、フェリックスの手を握る。

「きっとね、愛せる距離というものが誰にでもあるわ」

「愛せる距離？」

ルシアは、部屋に飾ってあるアルジェント国の風景画を眺める。

「私はアルジェント王国にいたとき、妹たちを愛していた。誕生日には手紙と贈《おく》り物《もの》を届けていたし、帰ることが決まったときも仲良くしたいと思っていたの」

「あ～……」

「実際に王宮で一緒《いっしょ》に暮らしたら、考えが変わったけれど」

ルシアはふふと笑う。

「貴方もきっと私の妹たちとの距離がもっとあったら、ちょっとわがままだけれど可愛いと思えたはずよ」

フェリックスは、ルシアの言う通りに自分が王配になっていない未来を考えてみた。

別の人と結婚することになっていたら、王女たちのことをもっと気軽に「彼女たちにもいいところがある」と言えたかもしれない。

「私は今、また妹たちと離れたところで暮らしているから、妹たちの王宮でのとんでもない話を聞いても、少しだけ可愛く思えるわね」

「それは羨《うらや》ましいです」

フェリックスが肩《かた》を落としたので、ルシアは励ますようにその肩を軽く叩く。

「……では、俺とルシア王女殿下の『愛せる距離』はどのぐらいですか？」

「そうね……。かなり近いと思うわ。王宮で一緒に暮らしても愛せるぐらいに」

フェリックスは少し考えたあと、手を広げた。

「このぐらい？」

「ふふ、もっと近いわ」

フェリックスの隣に座っていたルシアは、フェリックスとの距離を縮める。肩が触れ合《ふあ》うほどの近さからフェリックスの顔を見上げた。

「このぐらいかしら」

ルシアはフェリックスの頬《ほお》に触れる。

フェリックスは、間近に迫《せま》ったルシアの顔を見つめた。

——儚《はかな》げな美しさを持つのに、生きる力があふれている。

淡《あわ》く光る神秘的な菫色《すみれいろ》の瞳に吸い込まれそうだと思ってしまった。

「……あ！　そうだわ」

突然《とつぜん》ルシアはフェリックスから手を離し、立ち上がる。

「貴方に見せたいものがあるの！　きて！　……静かにね」

こっちよと部屋のドアに向かうルシアに、フェリックスは息をそっと吐くしかなかった。

(今のは……ずるいなぁ)

もし先ほどの会話と接触《せっしょく》が意図的なものだとしたら、ルシアは恋《こい》の駆け引きをする相手としてとても手強《てごわ》いだろう。

「フェリックス？」

「はい、行きます」

ルシアはフェリックスを連れて一階に降りた。

そこで「静かにね」ともう一度言い、人差し指を口に当て、そっと扉《とびら》を開ける。

「……子犬？」

居間の端《はし》に柵《さく》が取り付けられていて、敷かれた毛布の上で小さな犬が二匹眠《ねむ》っていた。

「海軍で飼われていた犬が双子を産んだの。里親を探していると言っていたから、このカントリーハウスで飼うことにしたわ」

ルシアは「黒がウィルで、黒と白がテディ」と名前を教えてくれる。

「明日、もしよかったらこの子たちと遊んであげてちょうだい」

「楽しみです。俺も犬が好きなので」

フェリックスは、ルシアへの見方を変えることにした。

次に会いにくるときは、友人が心配だからという理由にしなくてもいい。彼女は強くて、こうして新しい土地にすっかり馴染《なじ》んで、大きな計画に挑《いど》んでいる。

だからフェリックスは、純粋《じゅんすい》にルシアへ会いたくてきたと言ってもいいのだ。

第四章

王宮で暮らしている第四王女エヴァンジェリンは、ここ最近ずっとご機嫌《きげん》だった。

あの忌々《いまいま》しい第一王女ルシアがチェルン＝ポートに行って、お気に入りのフェリックスとの関係が絶たれたからだ。

エヴァンジェリンにとってのルシアは、血の繋《つな》がりがある他人である。ルシアがアルジェント王国へ行ったとき、エヴァンジェリンはまだ四歳だ。ルシアについての記憶《きおく》は全くなかった。

そんなルシアが帰ってくると聞いたとき、母と姉はルシアのことを王位を狙《ねら》うとても危険な女だと言っていた。

エヴァンジェリンは、そんな女が王宮にいるなんて許せないと思った。ルシアが帰ってきたら、まずはその顔を見て、なんて不細工《ぶさいく》なのと笑ってやるつもりだったのだ。

「……え？」

エヴァンジェリンは王宮に帰ってきたルシアを見て、驚《おどろ》きの声を上げてしまう。

姉のルシアは、自分にも姉たちにも妹にも似ていなかった。淡《あわ》い金髪《きんぱつ》には艶《つや》があり、指に絡《から》めてもすぐにさらりと元の位置に戻《もど》りそうだ。菫色《すみれいろ》の瞳《ひとみ》も綺麗《きれい》だった。

あれならきっと、どんな色のドレスも似合う。可愛《かわい》いものも、美しいものも着こなせる。

頭にどれだけ花を飾《かざ》っても妖精《ようせい》のように見えるだろう。

——綺麗でも！　性格が悪い女なんだから！

エヴァンジェリンが願った通りに、ルシアはすぐに本性《ほんしょう》を表した。あの女は、エヴァンジェリンの王子さまであるフェリックス・アシュフォードの気を引こうとしていたのだ。

しかし、ルシアの邪悪《じゃあく》な計画はすぐに中断される。王宮から追い出され、地方へ行くことになったのだ。

（ほらね！　フェリックスを騙《だま》そうとするからよ！）

エヴァンジェリンはこれで一安心できたけれど、あるときフェリックスがふらりといなくなった。そして、帰ってきたフェリックスは「お土産《みやげ》です」と言って、エヴァンジェリンに素敵《すてき》なリボンをくれたのだ。

「わぁ！　可愛い！　どこに行っていたの？」

「チェルン＝ポートです」

「ええっと……？」

「綺麗な海があるところですよ」

そのときエヴァンジェリンは、青空と青い海を背景にしたフェリックスを思《おも》い浮《う》かべてときめいた。その光景をただ素敵だと思った。

しかし、あとで『チェルン＝ポート』という名前をどこかで聞いた気がして、必死に思い出そうとする。

「オリヴィアお姉さま、チェルン＝ポートって知ってる？」

エヴァンジェリンは姉に聞いてみた。

すると、オリヴィアはふっと笑う。

「つまらない港町よ。ルシアお姉さまが住んでいるところね」

チェルン＝ポートの正体を知ったエヴァンジェリンは、驚いてしまう。

（じゃあ、フェリックスはあの女のところに行っていたということ……⁉）

折角二人を引《ひ》き離《はな》せたのに、フェリックスが会いに行ったら意味はない。

エヴァンジェリンは、フェリックスを守らなければならないと決意した。

「こうなったら……私が直接言わないと」

フェリックスには「ルシアお姉さまへ会いに行かないで」と注意し、ルシアには「絶対に王宮に帰ってこないで」という警告をしなければならない。

エヴァンジェリンは、フェリックスをルシアという魔女《まじょ》から守るためにチェルン＝ポートへ行くことにした。


ルシアは辺境伯《へんきょうはく》としての大きな第一歩を踏《ふ》み出《だ》していた。

海軍や議会との話し合いが終わり、これからチェルン＝ポートの発展を目指して皆《みな》で仲良くやっていきましょうというパーティーをついに開くことになったのだ。

「茶会にパーティー……。準備が大変すぎて、最中も大変すぎて、あれだけ社交界を夢見ていたのに、『またパーティーか……』という気持ちになってしまいました……」

ルシアのしっかり者の侍女《じじょ》セリーヌは、ルシアのドレスを選びながらそんなことを言う。

「近いうちに王宮へ行くつもりだから、そのときは若い人ばかりのただ楽しめるパーティーにも連れて行くわ」

「本当ですか⁉　約束ですよ！」

セリーヌはメモを見て、ルシアのドレスが以前のパーティーで着たものにならないように気を付ける。

「この淡いミモザ色のドレスにしましょう。リボンを取《と》り替《か》えたら今風になりますから」

「それでお願い。アクセサリーも選んで」

「はい」

ルシアの衣装《いしょう》部屋《べや》は、今とても充実《じゅうじつ》している。

母の療養《りょうよう》先だったグリーンウィックのカントリーハウスに、母のドレスが沢山《たくさん》保管されていると聞いたので、全て送ってもらったのだ。

「アクセサリーは真珠《しんじゅ》とダイヤモンドで……」

セリーヌがミモザ色のドレスに合うものを選んでいたら、ドアをノックされた。

「辺境伯さま、お客さまがきています」

「どなたですか？」

セリーヌはドアを開け、執事長《しつじちょう》のバリーに訪問客の名前を尋《たず》ねる。

バリーは穏《おだ》やかな微笑《ほほえ》みを浮かべながら、ルシアにとって想定外の名を口にした。

「エヴァンジェリン王女殿下《でんか》でございます」

第五王女アンナベルならば、ルシアは驚きながらも喜んだだろう。すぐに駆《か》け降《お》りて、よくきたわねと手を握《にぎ》ったはずだ。

しかし、エヴァンジェリンは違《ちが》う。ただ遊びにきたとは思えない。

「とりあえず歓迎《かんげい》の間《ま》に呼んでちょうだい。そのあとは執務室《しつむしつ》に連れて行くから、お茶の準備を頼《たの》むわ。セリーヌ、ついてきて」

「はい」

「エヴァンジェリンは気の強い子よ。なにを言われても気にしないで」

先にこうしてセリーヌへ警告しておけば、セリーヌはエヴァンジェリンになにを言われても我慢《がまん》できるだろう。

ルシアはセリーヌに髪《かみ》やドレスの確認《かくにん》をしてもらったあと、廊下《ろうか》に出た。

「なによこの家！　古臭《ふるくさ》くて最悪！」

歓迎の間まであと少しというところで、エヴァンジェリンの声が響《ひび》いてくる。

セリーヌは驚いたように口を開けたあと、はっとして口を手で押さえた。どうやら今のでルシアの言葉の意味をきちんと理解できたようだ。

セリーヌは賢《かしこ》いので、自分の役割である『エヴァンジェリンが必要以上に暴れ出さないよう、ひたすら微笑む』をしっかり果たしてくれるはずである。

「エヴァンジェリン、ご機嫌よう。長旅で疲《つか》れたでしょう。まずはゆっくりして」

ルシアが再会の挨拶《あいさつ》をしたら、エヴァンジェリンはふんと鼻を鳴らす。

「本当に疲れたわ。つまらない田舎道《いなかみち》につまらない港町。こんなところにくるんじゃなかった。私はね……」

「ここでの立ち話は淑女《しゅくじょ》らしくないわ。私の部屋に入りましょう」

こんなところでエヴァンジェリンが大騒《おおさわ》ぎしたら、その声が屋敷の外に漏《も》れるかもしれない。ルシアは自国の王女の悪評を立てたくなかったので、エヴァンジェリンを素早く執務室に案内した。執務室は密談に使われる場所でもあるため、できるだけ声が漏れないような設計になっているのだ。

ルシアは、執務室の重たいドアをセリーヌに開けてもらう。

「座って」

ルシアはエヴァンジェリンにソファを勧《すす》め、向かい側に座る。

エヴァンジェリンは部屋の中を見て、嫌《いや》そうな顔をした。確かにこの部屋の調度品は、エヴァンジェリン好みではないだろう。

「失礼致《いた》します。お茶の準備ができました」

バリーが現れ、セリーヌはルシアから教わった通りにティーセットを渡《わた》す。

セリーヌはルシアから教わった通りにテーブルへカップを置き、お茶を丁寧《ていねい》に注いだ。

ルシアはエヴァンジェリンが騒ぐ前にカップを持ち上げ、優雅《ゆうが》に一口飲む。

「遠いところまできてくれて嬉《うれ》しいわ」

歓迎していることを伝えれば、エヴァンジェリンはにらみつけてきた。

「ここはルシアお姉さまにお似合いなところね」

「ええ、ありがとう」

「だから王宮に帰ってこないで」

ルシアは、エヴァンジェリンの要求に笑ってしまいそうになる。

おそらく王宮で、「ルシア王女殿下が帰ってくるかも」という噂《うわさ》が流れたのだろう。それでエヴァンジェリンはわざわざここまできたのだ。

「私の帰還《きかん》は国王陛下が決定なさることよ。私は陛下のご意向に従うわ」

「それは……そうだけれど」

「陛下が帰ってこいとおっしゃったの？」

「ふん、言うわけないじゃない！」

エヴァンジェリンは、ルシアが帰ってこないことに安心し、胸を張った。

「用件はそれだけよ。私はもう帰る。こんな田舎町にいたくないわ」

エヴァンジェリンは侍女に帰る準備をしろと命じたけれど、侍女は窓を見て困った顔をする。

「今からの出発では、今夜は小さな村で泊《と》まることになるかもしれません……」

小さな村には宿がない。その場合、野宿をするか誰《だれ》かの家を借りることになるけれど、エヴァンジェリンはどちらも嫌だと絶対に言うだろう。

「エヴァンジェリン、折角だから街を見て回ってほしいわ。今夜はこのカントリーハウスに泊まってちょうだい」

ルシアはこれから大変な思いをするであろう侍女に同情し、一晩だけでも泊まるように勧めた。

「こんなつまらない家に泊まるのはいや。さっき見た山のお城がいいわ」

「お城……」

ルシアは、誤魔化《ごまか》すべきか正直に話すべきかを迷い、正直に話すことを選んだ。途中《とちゅう》で乗り込まれるよりも、先にしっかり説得しておいた方がいい。

「今夜はあの城で、海軍の方々や議会の方々を招いたパーティーを開く予定よ。騒がしくなるから、ここに泊まった方がいいわ」

ルシアは、城に行っても楽しいことはないと教える。

しかし、エヴァンジェリンは『パーティー』という単語だけに反応してしまった。

「パーティーがあるの⁉」

「ええ。でも、エヴァンジェリン向きのパーティーではないわね。年齢層《ねんれいそう》は高めだから」

若い人たち同士の出会いのための華《はな》やかなパーティーではないことを、ルシアはきちんと口にする。

けれども、エヴァンジェリンはルシアの話を聞いてくれなかった。

「私も行くわ！」

「夜会用のドレスがないでしょう？　それではパーティーに出席できないわ」

「ドレスなら持ってきているわよ。わたしは絶対に行く！　そういうことは早く言いなさい。すぐに部屋を用意して。身体《からだ》を清めて、準備をしないと」

エヴァンジェリンは荷物を運んでと侍女に命じる。

ルシアは、ため息をつきたくなってしまった。

「客室を用意させるから、ここで少し待っていて」

エヴァンジェリンに、パーティーの準備というやるべきことができた。そのおかげで、しばらくはエヴァンジェリンの見張りをしなくて済むだろう。

ルシアはこの状況《じょうきょう》を前向きに捉《とら》えながら、自分の準備を進めるためにセリーヌを連れて衣装部屋へ戻った。

「……辺境伯さま」

「セリーヌ、朗報ね。パーティーに若い人が増えて華やかになったわよ」

「これは悲報ですよ」

セリーヌはルシアとエヴァンジェリンの会話から、エヴァンジェリンの性格を察することができた。そしてこっそり「小さな村で宿に困ればよかったのに」と思ってしまう。

「エヴァンジェリンは、今夜のパーティーで話題に困るでしょう。早々につまらなくなって帰ると言い出すわ。その勢いで、明日は絶対に旅立ってくれるはずよ」

「……ということは、今夜を乗り切れば私たちの勝利ですね！」

ルシアの考えた『妥協点《だきょうてん》』に、セリーヌは勉強になりますと頷く。

「あちらの侍女に辺境伯さまのドレスの色を教えておきましょうか？」

「そうして。ミモザ色は持ってきているかもしれないわ」

「すぐに伝えてきます」

セリーヌは優秀《ゆうしゅう》な侍女だ。ルシアが教えたことは絶対に忘れないし、自ら応用しようとしてくれる。

「今夜は話し合いが終わったあとのパーティーだから、エヴァンジェリンが暴れてもなんとかなる。できれば何事もなく終わらせたいけれど……」

ルシアは、最悪の予想と最高の予想をする。

そして、確率の高い予想は最悪の方だとため息をついた。

チェルン＝ポート辺境伯の城で、パーティーが開かれた。

キース伯爵領《はくしゃくりょう》から呼び寄せた音楽隊が、心躍《こころおど》る音楽を奏《かな》でる中、海軍関係者とその妻、議会の人たちとその妻が笑い声を立てている。

「辺境伯さま、お招きいただきありがとうございます」

ルシアは主宰《しゅさい》として、皆からの挨拶に対応していた。

既《すで》に全員と顔見知りになっているので、挨拶のときに「前回会ったときのことを覚えていますよ」ということを匂《にお》わせ、好感度を更に上げていく。

「今夜は楽しんでいってちょうだい。……あら、素敵なネックレスね。もしかして前に言っていた家宝のエメラルド?」

「はい。お披露目できる機会を頂けて光栄です」

「私のパーティーに花を添えてくれて嬉しいわ」

招待客の挨拶が途切《とぎ》れたあと、ルシアは全員到着済みかどうかをメリックに確認させる。

有能なメリックは、一覧を見ながら大丈夫《だいじょうぶ》ですと答えた。

「では、私たちも会場内に入りましょう。つまらなそうな顔をしている人がいたら、すぐに報告して」

「わかりました。お任せください」

メリックは、ルシアの主宰としての能力に今日も感動する。

前チェルン＝ポート辺境伯は、いつだって自分が楽しくなるためのパーティーを開いていただけなので、客人の表情を気にすることはなかった。

しかし、ルシアは違う。パーティーにはいつも意味があり、これは社交の場だから楽しませて帰らせなければならないと隅々《すみずみ》まで気を配っている。

「セリーヌ。エヴァンジェリンは？」

「向こうにいらっしゃいます。もうつまらなそうな顔をしていますね」

有能な侍女であるセリーヌは、ルシアに頼まれなくてもしっかりエヴァンジェリンを見張ってくれていた。

ルシアは、視線だけでエヴァンジェリンの様子を窺《うかが》ってみる。

今夜のエヴァンジェリンは、ピンク色のドレスを着ていた。前に仕立て屋で見た、フリルとリボンがたっぷりとついているあの可愛いドレスだ。

けれども、折角のドレスを着ていても、エヴァンジェリンをちやほやしてくれる貴族はここにいない。

この会場にいるのは、エヴァンジェリンにとって両親世代や祖父母世代の人間ばかりだ。

挨拶は全て「遠いところからよくぞいらっしゃいました」で始まり、「チェルン＝ポートは素敵なところですので、ゆっくりお楽しみください」で終わる。年頃《としごろ》の少女が好むような恋《こい》の話題や理想の王子さまの話は出てこない。

「チェルン＝ポート辺境伯さま。このような場を設けていただき、本当にありがとうございます」

会場内の様子を確認していたルシアに、海軍のレオニダス・エルウッド将軍が話しかけてきた。侍女セリーヌの父でもあるレオニダスは、セリーヌに少し離れていなさいと眼《め》で合図をする。

「セリーヌ、皆さんの様子を見てきて」

「承知致しました」

ルシアはレオニダスの意図を汲《く》み、セリーヌに新たな命令を与えた。

「……我が娘《むすめ》はお役に立てているでしょうか？」

「セリーヌにはいつも助けられているわ。大事な娘を私に預けてくれてありがとう」

レオニダスはほっとした顔をする。彼はいざとなったら海軍の仕事を優先しなければならないけれど、いつだってセリーヌの前では父親という顔をしていた。

（私の父もエルウッド将軍のように……いえ、王としてはいつだって尊敬している）

国王エドワードが王位継承《けいしょうけん》権争いからルシアを早々に外したのは、国王として正しい判断だった。そして父親としても正しい判断だった。

エドワードがルシアとオリヴィアを対等に扱《あつか》っていたら、ルシアの命は狙われていただろう。父親として娘を守るために、娘の扱い方を変えたのだ。

（私は、父の気持ちを理解していないわけではない。それでも……）

ルシアは考えることを止めた。

人には愛せる距離《きょり》というものがある。きっと父を愛せる距離はもう少し遠く、そして自分がもっと幸せになることで生まれるものだ。

「辺境伯さまに娘を託《たく》せて本当によかったです。貴族の世界を学べるいい機会になりました。娘からは貴女《あなた》を讃《たた》える言葉ばかり出てきます。私も同じ想《おも》いです」

「それは光栄ね」

「ついに明日から船の建造が始まりますが、ここまでは計画通りですね。殿下の辺境伯としての素晴《すば》らしき采配《さいはい》に敬意を表します」

レオニダスはルシアの計画を聞いたとき、いくらなんでも無理だと思った。

しかしルシアは、レオニダスの心配や不安を気にすることなく、どんどん一人で計画を進めていってしまう。

元々あった造船所を整備し、船大工を集め、自分の領地から一級品のオークを調達してきて、工具や測量の道具もあっさり揃《そろ》えてしまった。

――このままだと、迷っている間に軍艦《ぐんかん》ができてしまうぞ。

レオニダスは覚悟《かくご》を決めることにした。

ルシアの計画通りに、海軍に新しい船が増えることを前提にした訓練計画や部隊編成を急いで決めていかなければならない。

「まだ軍艦の建造が始まっただけよ。やるべきこととやりたいことはいくらでもあるわ。海軍にはこの海域の守護騎士《きし》になってもらうから、頼むわね」

「勿論《もちろん》です。お任せください」

ルシアの頼みに、レオニダスは力強く頷いた。

海軍は海の上にいる。海に関しては誰よりも詳《くわ》しい。だからこそ、今は軍備増強を進めて自国の海の支配権を守《まも》り抜《ぬ》かなければならないときだとわかっていた。

その支援《しえん》を全面的にしてくれるルシアは、海軍にとって心強い味方だ。

レオニダスは、この方ならば……と海軍の命運を託すことにする。

「……国王陛下は、辺境伯さまの新しい船の話をもうご存知ですか？」

レオニダスの問いに、ルシアは笑って答えた。

「まだ知らないと思うわ。知られたら王宮に呼びつけられるはずよ。……せめて最初の八隻《せき》が完成するまでチェルン＝ポート辺境伯でいたいわね。なにか失態があったらすぐに王宮への帰還命令が出るでしょうから、もうしばらくは頑張らないと」

「では、逆に辺境伯さまが大きな手柄《てがら》を得たことで呼び戻されたら……？」

第一王女ルシアが、チェルン＝ポート辺境伯として見事な働きを見せ、胸を張って王都に凱旋《がいせん》する。

もしもそんなことがあれば……。

「国王陛下にとって困ったことになるわ。半分ぐらいは貴方《あなた》の手柄にしましょう」

ルシアが華麗《かれい》なる凱旋をしたら、次代の女王として名乗りを上げたことになってしまう。

それは国王の意思に反するはずだ。

「わかりました。辺境伯さまの手柄を分けていただいたお礼として、海軍は辺境伯さまの凱旋パレードのお手伝いをします。陸軍ほど足並みは揃わないでしょうが、音は見事です。

ご安心ください」

「ふふ、最高の凱旋になりそうね」

レオニダスは、ルシアの立場を改めて考えてみた。

——この方は第一王女だ。そして、今の王家には直系の王子がいない。

ルシアは未来をきちんと見据《みす》え、なにをしたらいいのかを考え、そのために早くから動いてくれる。即断即決《そくだんそっけつ》を好む海軍にとって最高のパートナーだ。

海軍としては、ルシアという最高のパートナーにできるだけ出世してほしい。できれば、この国の最高権力者まで上《のぼ》り詰《つ》めてほしかった。


「……つまんない」

招待状をもらっていないパーティーに無理やり出席したエヴァンジェリンは、同年代が全くいないパーティーに文句を言った。

最初こそ皆が集まってきてドレスを褒《ほ》めてくれたけれど、今はもう誰も話しかけてこなくなっている。

パーティーではいつだって友人に囲まれて楽しい時間を過ごしていたのに、ここではどうしてそうならないのかと怒りが湧いてきた。

「ねぇ、ちょっと！」

エヴァンジェリンは会場内を歩いていたメリックを呼び止め、にらみつける。

「なんでこんな人たちばかりなの⁉　貴族はいないの⁉　おかしくない⁉」

今日、この場にいるのは爵位《しゃくい》を持たない者ばかりだ。そして、婦人たちのドレスは明らかに安物だった。こんなドレスでパーティーにくるなんて……とエヴァンジェリンはぞっとしてしまう。

「本日は、辺境伯さまにお招きされた方々が友好を深めるというパーティーでして……」

「友好⁉　こんなにつまらないパーティーで⁉」

「楽しみ方は人それぞれでございます」

メリックは、興奮しつつあるエヴァンジェリンをなんとか宥《なだ》めようとする。

同時に、エヴァンジェリンの侍女を見て「なんとかしてください！」という合図を送ったけれど、侍女はどうしようとおろおろするばかりだった。

「ちっともワルツが流れないじゃないの！　いつ踊るわけ⁉」

「今夜は舞踏会《ぶとうかい》ではありません。皆さまとのご歓談《かんだん》をお楽しみください」

このパーティーの目的は、ワルツを踊って楽しむことではない。招待客同士が和《なご》やかに会話をして、互《たが》いが味方であることを確認するのが目的だ。

音楽隊には、皆の談笑《だんしょう》の助けになる華やかすぎない曲の演奏を頼んでいる。

「はぁ？　会話⁉　こんな田舎でどういう会話をしたらいいのよ！　流行の話をなに一つできない人たちばかりなのに！」

エヴァンジェリンの声は段々と大きくなっていった。そろそろ音楽隊の演奏だけでは誤魔化せなくなってきたようだ。

周りはもうエヴァンジェリンとメリックのやりとりを気にしているし、遠くにいる人たちもなにかあったようだと気づき始めている。

「皆さまはチェルン＝ポートの今後について語り合っておりまして……」

「田舎の今後を話してどうなるわけ⁉」

チェルン＝ポートはこれから、フォルトナート王国の大都市となる。船と人が行《い》き交《か》い、大きな金が動く街になる。

そんな未来に向かって協力していこうという目標を持った者たちが集まっているのに、皆の目標への暴言がエヴァンジェリンから出てきてしまった。

周りにいた者は、エヴァンジェリンに戸惑《とまど》いや苛立《いらだ》ちを感じる。そして、エヴァンジェリンからさっと離れていった。

もう少し遠くにいた者は、なぜあんな客が招かれたんだと不快感を表情で示す。

「……なによ」

会場がしんと静まり返ってしまった。聞こえるのは曲だけだ。

妙《みょう》な視線を感じたエヴァンジェリンは、不安になってきてしまう。

「――皆さん、申し訳ないわ。妹は長旅の疲れが出たみたいね」

ルシアはこの場を収めるために動いた。

エヴァンジェリンの隣《となり》に立ち、招待客たちを安心させるための穏やかな微笑みを浮かべ、エヴァンジェリンの肩《かた》にそっと触《ふ》れる。

「エヴァンジェリン、今夜はもう休んだ方がいいわ。私のために無理して出席してくれてありがとう。あとは任せて先に帰りなさい」

エヴァンジェリンがこのパーティに押しかけてきたのではなく、ルシアが無理を言ってきてもらった。

ルシアはそういう形にして、エヴァンジェリンの矜持《きょうじ》を守ろうとする。

それと同時に、『帰りなさい』という強めの言葉を放った。

――パーティーの主宰者の言葉は絶対だ。従わなくてはならない。

皆はルシアの命令に安心しただろう。

「言われなくても帰るわよ！　頼まれても二度とこないわ！」

エヴァンジェリンが怒りながら早足でパーティー会場から出ていけば、侍女は慌《あわ》てて追いかけていく。

ルシアは自分の護衛騎士を呼びつけ、エヴァンジェリンをカントリーハウスまで送っていってほしいと頼んだ。やけになったエヴァンジェリンが今から王都に帰ると言い出したら、流石《さすが》に止めなければならない。

「皆さま、妹が失礼しました。気を取り直して存分に楽しんでください」

ルシアは演奏隊に向かって微笑み、音を華やかにしてほしいという合図を送る。

皆のざわめきをかき消す音を流してもらったあとは、エヴァンジェリンの近くにいた人たちに話しかけに行き、再び場を盛り上げることに集中した。

エヴァンジェリンは、ルシアのカントリーハウスの客室に戻ってきた。

怒《いか》りが収まらない。ソファのクッションを持ち上げ、叩《たた》きつけてやる。

「お、王女殿下……！」

「出ていって！」

エヴァンジェリンが叫《さけ》べば、侍女はドアの向こうに行ってしまった。

自分で命じたことだけれど、エヴァンジェリンはなんであっさり出ていくのよと文句を言いたくなる。

——なにもかもが苛《いら》つく！

澄《す》ました顔をしているルシアも、へらへら笑っているパーティーの招待客も、つまらない話しかしなかった夫人たちも、なにもかもが許せない。

「あんなパーティー、滅茶苦茶《めちゃくちゃ》になればいいのよ！」

周りがおかしい、私は可哀想《かわいそう》、酷《ひど》い、とエヴァンジェリンはソファを拳《こぶし》で叩く。

わんわん泣いていたら、いつの間にかうたた寝《ね》をしていたらしい。

水を求めて侍女の名前を呼んでみたけれど、駆けつけてこなかった。

「なんなのよ……」

エヴァンジェリンは灯《あか》りを持って立ち上がる。どのぐらい寝ていたのだろうかと、窓から夜空の月の位置を確認しようとしたとき、窓に映る自分に気づいた。

(……酷い顔)

泣いたことでまぶたが腫《は》れている。機嫌が悪いせいか目尻は吊《つ》り上《あ》がっていた。口もそうだ。こみ上げてくるものを堪《こら》えようとしてぴくぴくと動いている。

可愛いピンクのドレスがちっとも似合っていなかった。こんなはずではないと、エヴァンジェリンはまた泣きたくなる。

──私は知っている。私が可愛くないことを。

ふわふわのフリルも、リボンも、可愛いものがなぜかしっくりこない。色もそうだ。可愛い色のドレスを着たら浮いてしまった。この赤い髪が悪いのだ。きつい顔立ちなのもよくない。

「……エヴァンジェリン?」

「入らないで!」

ドアの外から声をかけられた。この柔《やわ》らかな声は姉のルシアだ。

エヴァンジェリンは、よくわからないけれど泣きたくなってしまう。

「あまり食事をとっていなかったから、ミートパイを持ってきたわ」

「あんな不味《まず》そうなもの、いらない！」

パーティー会場に軽食は用意してあったけれど、エヴァンジェリンが好むようなものはあまりなかった。あれは本当に酷いパーティーだったと、また怒りが湧いてくる。

「最悪のパーティーだったわ！　全く楽しくなかった！　あんなパーティーが楽しめるなんて、田舎者の頭はおかしいんじゃない⁉」

エヴァンジェリンの叫びが響く。静まり返った中ではぁはぁと荒《あら》い息をついていたら、ドアが開いた。

「そうね。みんなあのパーティーを楽しんでなんかいないわ」

こつんというルシアの足音が響く。

エヴァンジェリンは振《ふ》り返《かえ》り、ルシアをにらんだ。

「でしょうね！　主宰が最悪なのよ！」

自分ならもっと楽しいパーティーにできるのに、とエヴァンジェリンは言い切った。

しかし、ルシアは怯《ひる》まずに近づいてくる。

柔らかな絹布《けんぷ》でできた愛らしいミモザ色のドレスがエヴァンジェリンの視界にしっかり入ってきたとき、エヴァンジェリンの胸が妙にざわついた。

「今夜のパーティーは仕事よ。楽しいとか楽しくないとか、そういう目的で集まった人はいないの」

ルシアは、疲れたと言わんばかりにため息をつく。

エヴァンジェリンは、想定外の言葉に首を傾《かし》げた。

「……はぁ？　仕事？　なにそれ」

ルシアはエヴァンジェリンの疑問に答えるため、自分の手を胸に当てる。

「チェルン＝ポートを発展させるために、みんなで仲良くしましょう。今夜のパーティーにはそういう意図があった。だから招待客たちは、楽しいふりをしながらチェルン＝ポートの未来についてのお喋《しゃべ》りをした。楽しくしている姿を見せ合うことで、これから協力していきましょうねという確認をしていたのよ」

パーティーには、集まった者同士で仲の良さを確認し合うという役割もある。

だからルシアは、パーティーは無駄《むだ》だからやめましょうと言わなかった。

「お仕事のパーティーは、誰だって楽しくない。でも、みんな必要だから参加している。貴女のお祖父さまやお父さまがしていることを、私もしているだけよ」

エヴァンジェリンは、ルシアの言っていることがちっともわからない。

パーティーは楽しいものだ。だから行く。

ずっとそうだと思っていて、これからもそうだと思っていた。

「意味がわからないわ……」

楽しくないパーティーを開いて、楽しくないパーティーに行く人がいる。

仕事のためと言われても、仕事をしたことがないエヴァンジェリンにとっては、理解しにくかった。

「貴女にとっての歴史の勉強と同じよ。楽しくなくてもしなければならないことは、大人になったら沢山あるの」

ルシアはエヴァンジェリンの戸惑いを察して、エヴァンジェリンに理解しやすい具体例を持ち出してみる。

そのおかげか、エヴァンジェリンは少しだけ今夜のパーティーの意味を理解できた。

「だからエヴァンジェリンにとっては、今夜のパーティーはつまらなかったでしょうね。美しいドレスを見てもらう場所でも、素敵なワルツを踊る場所でもない。お友達もいない。チェルン＝ポートに関わっていない貴女にとって、『次から行かない』というのは正しい判断なのよ」

エヴァンジェリンは『正しい』と言われて安心した。

パーティー会場で、みんなにひそひそとなにか失礼なことを言われたような気がしたけれど、正しいことをしたのなら無視してもいいだろう。

「……もうお仕事のパーティーには行かないわ。つまらなかった」

「ええ。私も仕事でなければ、楽しくないパーティーに行きたくないわ」

ルシアは、エヴァンジェリンの言葉に同意する。

エヴァンジェリンは、ほらねと少し気分がよくなった。

ルシアはそんなエヴァンジェリンを見てふっと笑ったあと、自分のドレスを見下ろす。

「みんな仕事で集まっているだけだとわかっていても、前のパーティーで着たドレスをまた着るわけにはいかない。新しいものを着ても、褒めてもらえるわけではないのにね。軍人が羨《うらや》ましいわ。礼服があるから」

淡い金髪と菫色の瞳に合う、ミモザ色の愛らしいドレス。

エヴァンジェリンは月明かりを浴びて淡く輝《かがや》くルシアのドレス姿を改めて見たあと、とても驚く。

「……お姉さまはドレスを褒めてもらえなかったの？」

「そうよ。そういうパーティーではないから」

「嘘《うそ》よ！　私と違ってこんなにも可愛いドレスが似合っているのに！」

だって、とエヴァンジェリンは呟《つぶや》く。

自分には似合わない真珠も銀細工のアクセサリーも、ルシアにはよく似合っている。妖精のように可憐《かれん》な装《よそお》いが似合っていても褒められないのはどうしてなのかと、眼を円《まる》くしてしまった。

「今夜、褒めてくれたのは貴女が初めてよ」

ルシアは心の中で「侍女以外で」と付け加える。

「エヴァンジェリン、貴女のドレスも素敵だわ。よく似合っているわよ」

ルシアに褒められたエヴァンジェリンは嬉しくなり……はっとした。

「……似合ってないわ」

「そう？」

「私、知っているのよ。私には可愛いドレスが似合わないって……！」

エヴァンジェリンは、可愛いレースも可愛いリボンも可愛い色も似合わない。

どうしてと周りを責めたくなってしまう。

「ルシアお姉さまはずるい！　なんでも似合う！　私と違って！」

エヴァンジェリンはもっと可愛く生まれたかった。そう、眼の前のルシアのように。

静かな部屋に、エヴァンジェリンのはぁはぁという荒い息だけが響く。

「……そうかしら。エヴァンジェリン、そのドレスを貸して。着てみるから」

「えっ⁉」

「早く。うしろのリボンを解くわよ」

ルシアは、エヴァンジェリンのドレスを勝手に脱《ぬ》がしていった。

エヴァンジェリンは、ほらとドレスを引っ張られ、悲鳴を上げそうになる。破れてしまう前に慌てて手と足を動かした。

（ドレスを脱いだら下着姿になるんだけれど⁉）

ルシアもまた、自分の手で自分のドレスのリボンを解き、躊躇《ためら》いもなく脱いでいく。

「一人でうしろのリボンを綺麗に結ぶのは無理だから、とりあえずになるけれど……」

ルシアはエヴァンジェリンのドレスを着て、丈《たけ》が足りなくて足が出てしまうわねと呟く。

「ほら、似合わないでしょう？」

そして、にこりと微笑んだ。

エヴァンジェリンはルシアの姿を見て――……口をぽかんと開いてしまう。

「……似合わないわ」

「ええ。だから言ったじゃない」

「お姉さまも似合わないの⁉　どうして⁉」

絶対に似合うと思ったのに、とエヴァンジェリンは悲鳴を上げる。

「年齢の問題よ。もう少し幼いときならなんとかなったかもしれないわね。今ならこのリボンとここのリボンを取れば……代わりにレースや真珠で飾るとか」

ルシアはピンク色のドレスを脱ぎ、エヴァンジェリンに返す。

そして、エヴァンジェリンにピンク色のドレスをなんとか着せ、自分もミモザ色のドレスをとりあえずではあるけれど身につけた。

「お姉さまは可愛いのに……」

「私は似合うものを着ているから『可愛い』になるのよ。似合わないものを着ていたら可愛くないわ」

「……そうなの？」

エヴァンジェリンは、信じられないと瞬《まばた》きをする。

ルシアは、そんなエヴァンジェリンに優しく微笑んだ。

「たしかに似合うものは多いでしょうね。淡い色も濃《こ》い色も似合うから」

「……そうよ！　ずるい！　私も淡い色が似合いたい！」

「似合うわよ」

ルシアの言葉に、エヴァンジェリンは首を横に振った。

「似合わないの！　この顔を見ればわかるでしょう⁉」

ルシアとは違うきつめの顔立ち。鮮《あざ》やかなオレンジブラウンの髪。

エヴァンジェリンは、姉のオリヴィアが着ているような深い色の大人っぽいドレスに大きめの宝石をつけたものなら似合うけれど、それ以外のドレスにすると妙に浮いてしまうのだ。

「可愛いものが着たくて、それが自分に似合ってほしいのね？」

ルシアが確認したら、エヴァンジェリンはそうだと頷く。

「……こっちにきて」

ルシアはエヴァンジェリンの手を摑《つか》み、引っ張った。

ヒールのある靴《くつ》をはいているときにこんなことをされたら、普通は転んでしまう。

エヴァンジェリンは急いで足を動かして転ばないようにしたけれど、それはルシアに引っ張られる方向へ歩いていくという結果になってしまった。

「ちょっと！」

「私の衣装部屋よ。入って」

連れていかれたのはルシアの衣装部屋だ。

色とりどりのドレスがずらりと並んでいたので、むっとしてしまった。

「これと……これ」

ルシアはその中から、深みのある緑色のドレスと黄色のドレスを出してくる。

緑色のドレスはエヴァンジェリンに似合いそうな大人っぽい華やかなもので、大きなリボンをつけている黄色のドレスはエヴァンジェリン好みの可愛らしいものだった。

「前から見たらこのドレスで、うしろから見たらこの形に見える。……どう？」

ルシアは緑色のドレスと黄色のドレスを重ね、前からは緑のドレス、うしろからは黄色のドレスが見えるようにする。

「……前がこっちで、うしろはこっち」

「そう。前から見たら貴女によく似合う色と形で、うしろから見たら貴女好みの可愛いドレスになる。貴女からは見えないけれど、みんなは『あの可愛いうしろ姿のレディは誰だろう？』になるわ」

「うしろ姿が可愛い……」

ドレスの後ろ側は、髪色と髪型《かみがた》に合うことだけを考えればいい。

ルシアの提案に、エヴァンジェリンは眼を輝かせた。

「あ……でも、振り返ったらがっかりしない？」

可愛いレディを期待したのに、とエヴァンジェリンが肩を落としたら、ルシアは笑う。

「振り返ったら美しいレディがいるのよ。みんな良い意味で驚くでしょうね」

「そう……かしら？」

エヴァンジェリンは、パーティー会場にいる自分を想像してみる。

——ドレスのうしろにレースとリボンをたっぷりつけた可愛らしいレディがいる。声をかけたら、軽《かろ》やかに振り返った。なんと彼女は、大人びた美しいレディだった……。

「魔法《まほう》みたいでしょう？」

ルシアが二枚重ねたドレスをくるりとひっくり返す。

美しいターン一つで印象が変わるドレスは、たしかに魔法のドレスだった。


次の日、エヴァンジェリンは王都に帰った。田舎のチェルン＝ポートにいてもつまらないし、帰ることが正しいとルシアも言っていたからだ。

それからしばらくしたら、エヴァンジェリンの元にルシアから一着のドレスが届いた。

——表側は深みのある緑色のドレスだ。大粒《おおつぶ》の宝石もついていて、とても華やかである。うしろはレースと黄色の布がたっぷり使われ、白色のリボンがあちこちについていた。

「わぁ……！」

ルシアはあの夜に見せてくれたドレスを組み合わせて、新しいドレスを作ったのだ。

エヴァンジェリンは自分の身体にこのドレスを当てながら、髪型と髪飾《かみかざ》りはどうしようかと考える。

頭のうしろに可愛くて大きなリボンをつけよう。でも前からは見えないようにしたい。前側になにもないのは寂《さび》しいから、横髪を少し編むのはどうだろうか。そこに大人っぽい髪飾りをつけよう。

「ふん、田舎暮らしをしている割には悪くないじゃない」

エヴァンジェリンは早速《さっそく》このドレスを着て、パーティーに出かけた。

すると、皆が素敵だと絶賛してくれる。

この斬新《ざんしん》なデザインのドレスはどこのテイラーに作らせたものなのかを何度も聞かれた。

「これはプレゼントされたものよ」

「まぁ、流石はエヴァンジェリン王女殿下です！　素晴らしい方に愛されていますね！」

次から次に人がきた。今日の主役は間違《まちが》いなく自分だった。

エヴァンジェリンは、これよこれ、と今夜のパーティーに大満足する。

「……そうね。ルシアお姉さまもドレスの評判が気になっているだろうし、教えてあげないといけないわ。でも、ドレスぐらいで調子に乗らないでとも言わないといけないわね」

あと、このドレスの手直しをした見事なテイラーを紹介《しょうかい》してもらおう。

次のドレスは、絶対にこのテイラーへ頼まなければならない。

「チェルン＝ポートに行くわ」

エヴァンジェリンは、つまらない港町にまた出かける。

ドレスのことに夢中になっていたせいで、本来の目的である『フェリックスとの関係を断《た》ち切《き》って』という話は、もう忘れてしまっていた。

エヴァンジェリンは、再びチェルン＝ポートにきていた。

相変わらず大したことのない街ねと文句を言いながらルシアのカントリーハウスを訪ね、歓迎してもらう。

「お茶とケーキの味は悪くないわよ」

「本当？　パティシエが喜ぶわ」

チェリーとチョコレートのケーキは爽《さわ》やかな味がした。聞いてみると、チョコレートにオレンジの皮が混ざっているらしい。田舎にしては凝《こ》っているわねと合格点をつけてやる。

「この間のドレスのことだけれど……」

エヴァンジェリンは悪くないプレゼントだったことを告げ、それからあのドレスを作ったテイラーの紹介を頼む。

街に店があるというので、早速ルシアと一緒《いっしょ》に行ってみることになった。

「ついでだから犬の散歩もしましょう。勇敢《ゆうかん》な犬だから護衛にもなるわ」

ルシアに紹介されたウィルとテディという二匹《ひき》の犬はよく躾《しつ》けられているのか、初対面のエヴァンジェリンにも尻尾《しっぽ》を振ってくれた。

エヴァンジェリンは、賢い犬なら嫌《きら》いではない。

「小さい種類の犬なの？」

「これからどんどん大きくなるわよ。小さいのは今だけね」

ルシアは、エヴァンジェリンにチェルン＝ポートの街並みを紹介してくれる。

貴族向けの新しい店がいくつか入ってきたから、そこまで不自由なく暮らせているという話をされた。

「さぁ、ここよ」

ルシアが紹介してくれたテイラーの店には、珍《めずら》しくて素敵な布が沢山《たくさん》置いてある。ここは港町なので、異国の布製品やレースがよく入ってくるらしい。

折角《せっかく》だからと、王都では手に入らない素材でドレスを作ってもらうことにした。

ルシアと一緒に色やデザインを選んだあとは、レストランに連れて行ってもらう。

田舎のレストランの味に期待なんてしていなかったけれど、魚料理が王都のレストランよりも圧倒的《あっとうてき》に美味《おい》しかったので、驚いてしまった。魚はあまり好きではなかったのに、全部食べることができてしまう。

「楽しんでもらえてよかったわ」

そのあとは焼き菓子《やがし》を一緒に買いに行き、カントリーハウスに帰って犬と遊んでやる。

就寝前《しゅうしんまえ》、エヴァンジェリンは楽しい一日を過ごせたことに大満足していた。明日はなにをしようかしらと考える。

「船に乗ってみたいわね。でも、折角ルシアお姉さまが海に合うドレスを考えてくれたし、それを待つのもいいかも」

白い大きな襟《えり》をつけた紺色《こんいろ》と白の縦縞《たてじま》のドレスは、しばらくしたら出来上がる。紺色だからエヴァンジェリンにも合うし、でも幅広《はばひろ》の白のリボンをアクセントにしているおかげでとても可愛い。

(リボンは幅広のものにして、レースはつけない。これなら私にも似合うみたい)

エヴァンジェリンはふんふんと鼻歌を歌いながらベッドに入ろうとしたのだけれど、そのとき庭から犬の鳴き声が聞こえてきた。あの声はウィルとテディだ。

「こんな夜に……？」

ウィルとテディはきゅんきゅんという誰かに甘える声を出している。

もしかして泥棒《どろぼう》がきていて、あの人懐《ひとなつ》っこい犬たちは間違えて歓迎したのでは……とエヴァンジェリンは心配した。

慌てて窓から下を見てみたけれど、ドアの閉まる音だけが聞こえてくる。

(もう侵入《しんにゅう》されちゃった⁉　それとも使用人がちょっと外に出ただけ⁉)

玄関《げんかん》から出入りしてもいいのは、この家の人間と客人だけである。使用人のはずがない。

エヴァンジェリンは、一階にいる騎士を呼びに行くことにした。本当は大きな声を出して「助けて！」と言いたかったけれど、そんなことをしたら真っ先に殺されてしまうかもしれないので、恐《おそ》る恐る階段を降りていく。

「……夜遅《おそ》いから、大した歓迎はできないわよ」

「大丈夫です。もう寝ていると思ったので、酒場で食べてきました」

ルシアの声と――……これはフェリックスの声だ。

階段の途中で立ち止まったエヴァンジェリンからは、二人の影《かげ》だけが見えた。

エヴァンジェリンは、フェリックスだから犬が歓迎したのだと納得《なっとく》したあと、力が抜けてしまってその場に座り込む。

（びっくりさせないでよ……）

そしてルシアに、客人がくるなら言ってほしかったと文句をつけたくなった。

「私がもう寝ていたらどうするつもりだったの？」

「宿を探すか野宿をしましたよ」

エヴァンジェリンはフェリックスに「大丈夫よ、私が気づいたから！」と言おうとする。

しかし、自分の姿を見下ろしてはっとした。

今、身につけているのはネグリジェだけだったのだ。

（はしたない……！）

エヴァンジェリンは一度自分の部屋に戻り、ガウンを着てからフェリックスへ会いに行くことにする。

その間にも、ルシアとフェリックスの会話は続いていた。

「そんなことはさせられないわ。とりあえずいつもの部屋を使って。あとは好きなようにしていいから。……あ、その前に」

壁《かべ》に映っているルシアの影が、くるりと半回転する。

「――私の部屋へ。ドレスを脱がせて」

エヴァンジェリンはルシアの言葉に驚いた。

男性の前でドレスを脱いでコルセットを見せるなんてことは、淑女としてとんでもない。とてもはしたないことである。

(それをしてもいいのは……)

フェリックスの影が、ルシアの背中のリボンをつんと引っ張った。

「仰《おお》せのままに」

そしてフェリックスは、ルシアの背中のリボンにキスをする。

エヴァンジェリンは眼を見開き、顔を真っ赤にしてしまった。

(ど、どういうこと⁉ どういうことなの⁉)

ルシアとフェリックスは、くすくす笑いながら歩き出す。

こっちにくる！ とエヴァンジェリンは慌てて階段を上がり、なんとか自分の部屋に飛び込んだ。

「……っ⁉」

扉《とびら》に背をつけたまま、廊下の気配を探《さぐ》ってみる。

ルシアとフェリックスは階段を上がってきて、奥にあるルシアの部屋へと入っていった。

（夜にきて、ドレスを脱がせる……！）

エヴァンジェリンは、真っ赤になった頰《ほお》を両手で押さえる。

頭も身体もふわふわしていた。

「大人だわ……！　大人の関係よ……！」

胸がどきどきして、叫びたくなってしまう。

大人のやりとりを初めて見ちゃった！　と一人で大興奮してしまった。


ルシアはフェリックスと共に自分の部屋へ入る。

衣装部屋の前でうしろ髪《がみ》をかきあげ、背中をフェリックスに向けた。

「いやぁ……別にこのぐらいのお世話は構わないんですけれどね。いえ、本当に、はい」

「今日の背中のリボンは複雑に編まれていて、一人でやると腕《うで》が攣《つ》りそうになるのよ。使用人を呼んでもいいけれど、これだけ遅いともう寝ているかもしれないし……」

ルシアは背中のリボンを半分ほどフェリックスに解《ほど》いてもらったあと、くるりと半回転した。

「ありがとう。助かったわ」

「いえいえ、お役に立てて光栄です」

ルシアは、このカントリーハウスでの暮らしを気に入っている。

王宮暮らしのときと違って使用人の数は少ないけれど、その分だけ一人の時間が増えてゆっくりできるのだ。

「ああ、そうだわ。エヴァンジェリンがきているわよ」

「……第四王女殿下がここに？」

「少しだけ懐《なつ》かれたみたい」

フェリックスは、エヴァンジェリンがルシアへ会いに行ったことも、滞在は一日だけだったということも聞いていた。きっと田舎に耐《た》えきれなかったんだろうと思っていたけれど、そんな田舎を再び訪《おとず》れたのであれば、よほどのことがあったはずだ。

「エヴァンジェリン王女殿下の目的はなんですか？」

「新しいドレスの発注よ。私がプレゼントしたドレスを気に入ったらしいわ」

「それは……とても平和な理由ですね」

「平和ではない話は明日聞くわよ。よろしくね」

フェリックスはルシアとそんな話をしたあと、就寝の挨拶をしてから部屋を出る。

「……う〜ん」

フェリックスはあれこれ悩《なや》んだけれど、まぁいいかと開き直った。

エヴァンジェリンがいるなら早朝に帰ろうかと思ったけれど、どんな姉妹《しまい》関係になったのかをきちんとこの眼で確かめたい気持ちもある。

そして、ルシアから着替《きが》えを手伝ってと頼まれるほど全く意識されていないことについては、それだけの信頼《しんらい》関係があるという捉え方をすることにした。


翌朝、カントリーハウスの主人であるルシアと、爽やかな表情のフェリックスと、なぜかそわそわしているエヴァンジェリンの三人で朝食をとった。

「フェリックスはチェルン＝ポートにも詳しいわ。案内してもらったらどう？」

ルシアがエヴァンジェリンにチェルン＝ポートの観光を勧めたら、エヴァンジェリンはなぜか焦《あせ》り出す。

「あっ、えっとね！　私、そろそろ帰らないと……！　もうすぐミサがあるし！」

「ミサ？」

「大聖堂のミサよ。修復工事が完了《かんりょう》したんですって。それまでには絶対に帰りなさいってお母さまから言われているの」

ルシアはエヴァンジェリンに優しく微笑む。

「そうだったの。気を付けて帰ってね。フェリックスもあまり遅くなっては駄目よ」

「大丈夫です。俺は馬に乗ってきたので、馬車より早く帰ることができます。ご安心ください」

フェリックスはルシアに笑顔を向ける。

ルシアもフェリックスにふふふと笑いかけた。

エヴァンジェリンは、なにか通じ合っている二人の様子を見て、どきどきしてしまう。

(この二人……絶対にそう！　大人の関係だもの！)

見ているだけで恥《は》ずかしいと、落ち着かない気持ちになりながら必死に食事をとる。

「エヴァンジェリン、ケーキを包ませるから持って帰ってね」

「ええ。食べてあげてもいいわよ」

エヴァンジェリンは、淑女らしくつんと澄ました顔で返事をした。

けれども、自分の部屋に戻って椅子に座った途端、足をばたばたと動かした。


朝食後、ルシアとフェリックスはウィルとテディの散歩をしながら王都の話をする。

「大聖堂の修復完了のミサの話、全くここに届かなかったわ」

ルシアは頰に手を当て、ため息をついた。

フェリックスはしゃがみ込み、ウィルを撫《な》でながらほっとした声を出す。

「誰かの妨害《ぼうがい》によって知らせが届かなかったのか、ただ遅《おく》れているのか……。大事な知らせのときは、直接伝えてもらってください」

「ええ、本当に。ありがとう、助かったわ。エヴァンジェリンに王都の話を聞かせてもらったけれど、ミサに興味がなかったみたいで、その話は出てこなかったの」

ルシアは大聖堂の修復工事完了のミサに合わせ、王都に一度戻るつもりでいた。

そのときに通航料の話を国王に承認《しょうにん》させたかったし、海軍に関わる色々な話を国王にしておきたかったし、大会議では通航料を『決まったこと』として貴族に周知させたかったのだ。

「意味のない嫌がらせね。私がミサに出席しても、王位継承権が与えられるわけではないのに」

フェリックスはふと足を止める。王位継承権という言葉が、心のどこかにひっかかったのだ。

「フェリックス？」

「……いえ。その、『もしも』を考えただけです」

フェリックスは、ルシアの瞳をじっと見つめた。爽やかな青空の下、海風に吹《ふ》かれながら『もしも』の話をする。

「ルシア王女殿下がチェルン＝ポート辺境伯として高く評価されることになったら、王位継承権争いに加わるかもしれない……と」

ルシアがこの地でやりたいことをやり遂《と》げたら、国王の長女に政治の才能があるという証明になるだろう。

現状、貴族たちにとっての王位継承権争いは『どちらにつけば得をするか』である。

そこに『王に相応《ふさわ》しい』という選択肢《せんたくし》が生まれるのだとしたら、勢力図は変わるはずだ。

ルシアは風に髪をなびかせながら、フェリックスの言う『もしも』を想像してみた。

もしもチェルン＝ポート辺境伯として高く評価され、胸を張って王都へ凱旋することになったのなら……。

「……貴方もエルウッド将軍と同じことを言うのね。でも、それはやめた方がいいわ」

ルシアはすぐに答えを出した。

風に遊ばれる髪を押さえ、ウィルとテディに行きましょうと促《うなが》す。

「どうしてですか？」

フェリックスが食いついてきたので、ルシアは歩きながら答えた。

「国王陛下は、第一王女を王位継承権争いから早々に外した。帰国してからも、やはりまた外した。ここにきて第一王女を王位継承権争いに加えてしまったら、過去の二度の判断は誤っていたことになる。王の権威《けんい》のために、そんなことをしてはならない」

ルシアの主張は、少し前に国王エドワードが言っていたことと同じだった。

あのときのフェリックスはなにも言えなかったけれど、今は少しだけ言えることがある。

「王だって間違えます」

「ええ。でも、間違いは少ない方がいいわ」

ルシアはフェリックスの気持ちに寄《よ》り添《そ》いながらも、考えを曲げなかった。

「私は国を想う良き王女として、民を想う辺境伯として、新しい人生を歩むつもり。この役割も素晴らしいものだと思うの」

「――素晴らしい、ですか」

「そうよ。一人ぐらいは良き王女がいないと。私の妹たちは困った子が多いから」

人には役割がある。ほとんどの人は、状況に合わせて役が変わる。ルシアの新しい役である『チェルン＝ポート辺境伯』は、ルシアにとって楽しいものだった。

フェリックスは、ルシアのそんな決意を感じ取ったのだろう。

もしもの話の続きを諦《あきら》め、また別の質問をする。

「国を想う良き王女であるルシア王女殿下は、誰に王位を継《つ》いでほしいんですか？」

フェリックスにとっては、王位継承権争いをしている王女たちにさほど違いは感じられない。それぞれにいいところもあれば、よくないところもあるという評価だ。

これはフェリックスの王配としての考え方なので、姉としてのルシアの考え方はまた違ったものになるだろう。

「私は国を離れていた期間が長くて、オリヴィアのこともイザベラのこともまだそこまで詳しいわけではないから……。でも、そうね。今のところはオリヴィアかしら」

「オリヴィア王女殿下ですか？　なぜ？」

フェリックスは、ルシアの答えを意外に感じた。

頭のよさという意味では、イザベラの方が高く評価されているからだ。

「オリヴィアだと貴方とのバランスがいいからよ。貴方は幼い頃《ころ》から未来の王配として帝《てい》王学《おうがく》を学んでいて、オリヴィアは第一騎士団《だいいちきしだん》の副団長を拝命している。貴方たちなら政治と軍事力のどちらも重視しているいい国王夫妻になるでしょうね」

フェリックスは、少しだけ困った顔をしてしまう。

王女のうちの誰かとの結婚《けっこん》という未来を受け入れていても、あまり気が進まなかったので、具体的な想像をしないようにしていたのだ。

「それに、オリヴィアは王妃《おうひ》の第一子よ。血統の正当性もある。……これから妹たちをよく知っていくつもりだから、もしかしたらイザベラの方が適任と思うようになるかもしれないけれど」

フェリックスは『国を想う良き王女』という役も立派に努めようとしているルシアに感心した。そして、そうするのは前にルシアが言っていた『愛せる距離』のためかもしれないとも思う。

——家族としてではなく、役として接したい。

そうすることで、ルシアは家族を恨《うら》まないようにしているのかもしれなかった。

「より適任の方に私は味方するつもりよ。多分、王位継承権争いはそれで決着がつくはず。私の役割は、国を想う良き王女として、女王に相応しい妹を選ぶこと」

女王としての未来はないけれど、良き王女としての大事な役目ならある。

フェリックスはルシアの言いたいことをきちんと理解し、納得した。

「それはとても大事な役目です。ルシア王女殿下にしかできないことでしょう」

ルシアは、フェリックスの褒め言葉へ満足気に頷く。

（私の思い描《えが》いた未来通りになるわけではないけれど、そうなると信じたい）

実際にルシアは、アルジェント王国の王妃になれなかった。

それでも、フェリックスという良き友人を得たことで、また頑張ろうと思えるようになったのだ。

第五章

大聖堂の修復工事は無事に終わった。

教会は寄付をした者たちを集め、神に感謝を捧《ささ》げるミサを行う。

ルシアはそのミサに合わせ、王都に帰還《きかん》した。

(オリヴィア、イザベラ、エヴァンジェリン……アンナベルはいないのね)

黒い服を着たルシアが大聖堂に入れば、妹たちの横に案内される。ルシアは、王女としての序列が低いことを受け入れなければならなかった。

「……――神のご加護がありますように」

ミサが終われば、すぐに黒い服からドレスへ着替《きが》える。

ここからは、チェルン゠ポート辺境伯《へんきょうはく》としての仕事をしなければならない。国王との面談の約束は取り付けてあるので、あとは求める答えを引き出すだけだ。

「チェルン゠ポート港に寄港する他国の船から通航料を取ろうと思っています。通航料は一〇ギルで、集めたお金は港の整備に使うつもりです」

「……価格は見直すべきだ」

国王エドワードはルシアへ「通航料が安すぎる」と遠回しに忠告してくる。

ルシアはその通りですと頷《うなず》いた。

げていきます」
「異国の船に払《はら》ってもいいと思わせる低い金額から始めるつもりです。値段は少しずつ上

「なるほど。段階的に通航料を上げていくのなら問題ない」
まずは通航料という制度を他国に受け入れさせたいとルシアが訴《うった》えれば、エドワードは理解を示してくれた。

「それから確認しておきたいことがあります。沿岸法では、『岸に流れ着いた荷物は、その土地のものになる』と決められています。ですが、海に投げ出されたままどこにも流れ着いていないものは、所有者が誰になるのか規定されていませんよね？」

ルシアは王都に戻ってきた日、メリックを王宮内の書庫へ連れていき、沿岸法から裁判の判例まで、ありとあらゆるものを調べてもらった。

その結果、『海に浮《う》いているもの』に関しては、どの法律でも規定されていないことが明らかになったのだ。

（たしかに、うっかり海に落としてしまったものが本人のものにならないという法律は、どうやっても作れないでしょうね）

ルシアは、法律で規定されていない部分を利用することにした。けれどもその前に、国王にそれでいいのかを確認《かくにん》しなければならない。

「海に浮かんでいるものについては、回収した人のものになる。当たり前のことですが、私はチェルン＝ポート辺境伯として、このことを改めて黙認《もくにん》しようと思っています」

「黙認？」

「はい。後に問題になるかもしれませんから」

何事にも『解釈《かいしゃく》の余地』は必要だ。こちらは認めているわけではないし、認めていないわけでもないという曖昧《あいまい》な部分を作っておけば、状況《じょうきょう》が変わったときに助かるだろう。

「今後のチェルン＝ポート港の開発についての資料をお渡《わた》ししておきます。これは内々のものですので、できればここでお読みになってください」

ルシアは、これからのチェルン＝ポートについて書かれた紙をエドワードに渡した。

チェルン＝ポート港で通航料を取り、段階的に値段を引き上げていく。

通航料を払った船は、通航料を払っていない船をフォルトナート国の海軍の代わりに捕《つか》まえてもいい。

通航料を払った船が『海に浮かんでいるもの』を回収しても、海軍は黙認する。

チェルン＝ポートの周辺の安全を確保することで、チェルン＝ポート港に寄港する船を増やしていく。

辺境伯が個人的に所有している船を、海軍に貸し出す。

通航料の支払《しはら》い以外のことは、大会議にかける必要がないものだ。個人として、チェルン＝ポート辺境伯として、自由にしてもいいところである。

（でも、一つひとつを繋《つな》げていったら大きな話になる）

勝手なことをするなと叱《しか》られる前に、エドワードから非公式な許可を得ておきたい。

「……これはお前が考えたことか？」

「はい。海軍やチェルン＝ポート議会の意見も取り入れています」

現場の意見は一致《いっち》していることを、ルシアは迷わず伝えた。

「ならばいい。大会議の議題に通航料の支払いの件を加えよう」

「ありがとうございます」

大会議さえ乗り切れば、もう王都にチェルン＝ポート辺境伯としての用はない。

あとはフェリックスの姉であるマーガレットにお土産《みやげ》を渡し、セリーヌやメリックに王都での休暇《きゅうか》を楽しんでもらうだけだ。


フォルトナート王国の大会議に、第一王女ルシアはチェルン＝ポート辺境伯として参加していた。

──貴女《あなた》にはその席がとてもよく似合っているわ。

ルシアは妹たちのそんな視線を浴びながら、チェルン＝ポート港で徴収する通航料についての話し合いに挑《いど》む。

「他の国も通航料を取っています。我が国も取るべきです」

「その通りですが……通航料が安すぎるのではありませんか？」

「海賊船《かいぞくせん》が通航料を払うとでも？」

「それはまた別の議論になる。今は通航料を取るか取らないかだ」

——チェルン＝ポート港に通航料を導入する。価格は段階的に上げていく。

大会議でそのことだけは承認《しょうにん》された。

ルシアは、望んだ結論が出たことにほっとする。

（アシュフォード宰相《さいしょう》が協力してくれたみたいね）

話し合いというのは、しっかり舵取《かじと》りできる人がいないと、最初に話し合いたかった部分からずれていってしまう。

今回の大会議でも、通航料の話が海賊船対策の話に何度か流れそうになっていたけれど、宰相はその度《たび》にきちんと軌道《きどう》修正してくれた。

「本日はこれにて終了《しゅうりょう》します」

ルシアは、大会議が終わると同時にさっと立ち上がり、会議の間《ま》を出る。

国王エドワードは、やるべきことをやり遂《と》げたら迷いなく部屋を出ていったルシアの背中を見送ったあと、オリヴィアとイザベラを引き留めた。

「オリヴィア、イザベラ、話がある」

このときオリヴィアとイザベラは、ルシアと自分たちの扱《あつか》いの差に満足していた。

ルシアは自分たちと同列に扱われていないことを、大聖堂でもこの大会議でも示してもらえたからだ。

　エドワードは皆《みな》が出ていってから、二人の娘《むすめ》に大事な話をする。

「……ルシアは帰国後、チェルン＝ポート辺境伯としてこの国の海を守り、発展させようとしている」

　ルシアの計画が順調に進めば、数年後にはこの国の海をルシアが治めることになるだろう。

　――王女として一番功績を立てたものが次の女王になる。

　そんな決まりがあったら、次期女王はルシアだ。そのことを娘たちに理解させ、焦《あせ》ってもらわなければならない。

「ルシアはお前たちのよき手本になるだろう。見習うように」

　王宮内で派閥《はばつ》を作ることも大事だが、功績を立てて王としての資質を見せてほしい。

　エドワードの忠告に、オリヴィアとイザベラは息を呑《の》んだ。

「承知致《いた》しました」

「……はい」

　二人は不満を抱《いだ》きつつも、なんとか返事をする。

　そして、会議の間から出たあと、それぞれ違う方向に歩き出した。

（信じられない……！　異国でちやほやされて幸せに暮らしていただけの人を見習えですって⁉　王太子の死後、ずっと勉強させられていた可哀想な私にそんなことを言うの⁉）

イザベラは怒りに震えながら、同母妹《どうぼまい》アンナベルの部屋に向かう。

こんなことはあってはならないと、頭の中のルシアに憎《にく》しみを向けた。

（まさか、お父さまはルシアお姉さまを……⁉）

イザベラは、ルシアが王女より格下の『辺境伯』となったことに安心していた。

しかし、チェルン＝ポート辺境伯が女王になるための特別な教育の場だとしたら、話は違ってくる。

（一体いつの間に……⁉　もう差がついていたなんて！）

これから急いで自分も功績を立てないといけない。

そのためには、彼女の協力が必要だ。

「アンナ！」

イザベラはアンナベルの寝室《しんしつ》に押しかけた。アンナベルの侍女《じじょ》に止められたけれど、下がりなさいと命じて部屋から追い出す。

「……！」

ベッドの上にいたアンナベルは、シーツを被《かぶ》って顔を隠《かく》していた。

本当に見ているだけで苛《いら》つく妹だ。帝王学《ていおうがく》や政治、経済学を活《い》かせる頭がなかったら、田舎《いなか》に閉じ込めておきたかった相手である。

「チェルン＝ポート辺境伯領についての資料をあげるから、港や船を荒《あ》らす計画を立てなさい。ルシアお姉さまの評判を落とすのよ。どんな手を使ってもいいわ」

きっとオリヴィアもルシアの評判を悪くしようとするだろうけれど、それに期待するつもりはない。できることは全てしておきたかった。

「今のあんたの利用価値なんてほとんどないんだから、しっかりやりなさい」

イザベラは白い塊《かたまり》になっているアンナにそう言い放ったあと、母の部屋へ急ぐ。

「王女殿下《でんか》……」

アンナベルの侍女はアンナベルに声をかけたけれど、アンナベルは枕元《まくらもと》に置いておいた本を摑《つか》み、侍女に向かって投げつけた。

「ひっ！　失礼致しました！」

侍女は慌《あわ》てて寝室から出ていく。

その後、アンナベルはベッドから降り、花瓶《かびん》を摑み、壁《かべ》に投げつけた。

——ガチャン！

花瓶は粉々に砕《くだ》け散《ち》り、花と水が飛び散る。

苛々《いらいら》して仕方なかった。全てが憎かった。

父も母も、姉たちも、侍女も、この世界もなくなってしまえと願う。

『……可哀想《かわいそう》なアンナベル』

鏡の中のアンナベルが、アンナベルに語りかけてくる。

「わたし……可哀想よね」

『ええ。世界で一番、可哀想な王女よ。誰《だれ》も貴女のことをわかってくれない。貴女は本当に可哀想だわ』
アンナベルは鏡に縋《すが》りつく。鏡に映る自分があまりにも可哀想で、涙《なみだ》を零《こぼ》した。

ルシアはセリーヌとメリックを連れて王都で買い物をし、カントリーハウスの皆へのお土産を選び、小さな休暇のようなものを楽しんだ。

王家の食事会は全て欠席したけれど、フェリックスの姉マーガレットの茶会には参加し、チェルン＝ポート辺境伯領に関係のある貴族との交流はしておく。

「みんな、チェルン＝ポートに帰るわよ」

今回の王都帰還は、ルシアにとって満足できるものになってくれた。

「楽しかったですね！」

「ええ。本格的な海賊対策を始める前に休めてよかったわ」

ルシアたちを乗せた馬車は、賑《にぎ》やかな王都を出て街道《かいどう》を走る。

途中《とちゅう》で休憩《きゅうけい》のために大きな街へ寄り、レストランで食事をした。

「あれ？　馬車が違いませんか？」

セリーヌは、自分たちを待っていた馬車が変わっていることに気づく。これは王宮から乗ってきた見事な装飾《そうしょく》の馬車ではない。金持ちの商人が使っているような馬車だ。

「これでいいのよ。さぁ、出発しましょう」

ルシアはさっさと馬車に乗り、馬車の中でセリーヌに乗り換えた理由を説明した。

「親切な人が、私の馬車を襲《おそ》う計画について教えてくれたのよ」

「……私の馬車を襲うって……大変じゃないですか！」

セリーヌは思わず大きな声を上げてしまったあと、淑女《しゅくじょ》としてマナー違反《いはん》だったと慌てて口を押さえた。

「妹たちにとって私は気に入らない存在だという話はしたでしょう？　王都は人の眼がありすぎるから、少し離《はな》れてから仕掛《しか》けたいはず。馬車に細工《さいく》をするか、危険を冒《おか》して馬車ごと襲うか、通り道に嫌《いや》がらせをするか……」

この情報を流してくれたのは、フェリックスである。

そして、その忠告は現実のものになった。

囮《おとり》になった王女の馬車の車輪が外れ、立ち往生するという事故があったのだ。

無事にチェルン＝ポートのカントリーハウスに戻ってきたルシアは、囮の馬車を護衛していた騎士《きし》たちからの報告を聞いたあと、難しい顔をするしかなかった。

「……もっと身の回りに気を付けた方がいいわね」

部屋を水浸《みずびた》しにしたり、ドレスを切り裂《さ》いたり、そういう程度のものならため息をつくだけですませてもいい。しかし、今回はそうもいかないだろう。明らかにルシアの命を狙《ねら》ってきている。

（もしかすると、私は暗殺されるかもしれない）

ルシアはそんな心配を抱《かか》えながらも、海軍や議会との打ち合わせに励む。

通航料の件が大会議で承認されたことや、海賊船対策の話を国王に通してきたことを皆に伝えた。

「ありがとうございます。流石《さすが》はチェルン＝ポート辺境伯さまです」

「こんなにあっさり話が進むとは……！　早速《さっそく》、次の段階に移ります！」

辺境伯の仕事は、人脈を作り、それを利用した大きな計画を立て、一番上の許可をもらってくること。

ルシアは海軍将軍レオニダスと議長エイモンの喜ぶ顔を見て、ようやく辺境伯として認められた気がした。

(この二人は、新しい辺境伯である私に不安を抱いていた。それでもついてきてくれた)

計画は始まったばかりだ。これからは今までのように上手《うま》くいくとは限らない。予定変更や計画延期といった大変なことも必ずあるだろう。しかし、みんなで苦難を乗《の》り越《こ》えていこうという意志がきちんと生まれている。

「……あ、そうだわ。私はフォルトナート王国に戻ったばかりで、貴族の事情やこの辺りの権利関係を学び切れていなくて、理由がはっきりしないのだけれど……」

ルシアはレオニダスとエイモンに、馬車の車輪が外れたという話をした。

「どうやら私の命が狙われているみたい」

レオニダスとエイモンは、動揺しながらもルシアを守ろうとしてくれる。

「すぐに海軍も辺境伯さまの警護に加わります。騎士たちと話し合いをさせてください」

「ええ、お願い」

「議員と商工会にもこの話を共有しておきます。辺境伯さまの命を狙うのなら、必ずここの住人から情報を得ようとするでしょう。住んでいる場所を聞いてきた者がいたら、海軍にすぐ報告するよう言っておきます」

「ありがとう。助かるわ」

ルシアは二人に礼を言ったあと、単純な話ではないかもしれないことも伝えた。

「王女を狙っているのか、辺境伯を狙っているのかはわからない。……辺境伯を狙っている場合、狙いが辺境伯自体ではない可能性もあるわ」

「……なるほど。チェルン＝ポート港が狙われているかもしれないのですね」

エイモンの言葉に、ルシアは同意する。

「通航料の件を大会議で承認させたばかりよ。それが気に食わない者もいるかもしれない。みんなでこのチェルン＝ポートを守っていきましょう」

今できるのは、様子を見ることだけだ。

ルシアは、妹たちによるただの嫌がらせであってほしいと願いながら海を見に行く。

（どうかこの海を守れますように）

自分がいつまでチェルン＝ポート辺境伯でいられるのかはわからない。

ある日突然、また他国の王家に嫁《とつ》げと言われるかもしれないし、別の領地を任されるかもしれないし、修道院へ入れられることもあるだろう。自分は今も昔もそういう立場だ。

——でも、チェルン＝ポートに新たな道筋ができた。

今すぐルシアが辞《や》めさせられても、後任者にやる気がなかったら、レオニダスとエイモンは「前任者が決めたことです」と言ってこの計画を続けてくれるだろう。

後任者にそういうものだと思ってもらえたら、邪魔《じゃま》されることもないはずだ。

「ウィル、テディ！　帰ったわよ」

ルシアはチェルン＝ポートに到着後《とうちゃくご》、すぐ議会に向かったので、愛犬たちにまだ会っていなかった。

ウィルとテディは、帰宅した大好きな飼い主に尻尾《しっぽ》を振《ふ》りながら飛びついてくる。

「ふふ、いい子にしていた？」

ルシアが右手と左手で同時に二匹《ひき》を撫《な》でてやれば、これでもかと手を舐《な》められた。くすぐったいと笑いながら、一匹《ぴき》ずつ抱《だ》えてやる。

「また大きくなったわね。抱き上《あ》げるのが難しくなってきたわ」

ルシアがテディの大きく太くなった脚を見て言えば、ウィルを撫でていたセリーヌは顔を上げた。

「子犬の時代はあっという間に終わると言われていますけれど、本当でしたね」

膝《ひざ》に乗せて可愛《かわい》がれるのも、あと少しだけだろう。ルシアはセリーヌに荷物を頼《たの》んだあと、ウィルとテディを庭に放ち、ボールを投げてやる。

「いい子ね。次はテディの番よ」

ルシアがテディにボールを向けたとき、なぜかいきなり二匹の犬は唸《うな》り出した。

「……テディ？　ウィル？」

二匹はルシアの近くにきて、外を警戒《けいかい》するようにうろうろしながら唸り続ける。

ルシアは急いで二匹を連れて屋敷《やしき》の中に戻り、外の確認を騎士たちに頼むことにした。

「辺境伯さま、外に不審《ふしん》な人物がいました」

しかしその前に、海軍から派遣《はけん》された警護の軍人が報告にきてくれる。

「捕まえたの？」

「いいえ。身なりのいい若い男がカントリーハウスの周りをうろついていただけだったので、声をかけて終わらせました。若い男は、『街中《まちなか》で辺境伯の家を教えられたから見にきた』と言っていたので、ただの観光客の可能性もあります」

辺境伯のカントリーハウスというのは、財力や権力を自慢《じまん》するためのものでもあるので、庭木の手入れは一年中しっかり行われている。

ここの住人が観光客に「見に行った方がいい」と言って辺境伯邸を自慢したとしても、おかしいことではない。

「その男がまたきたら教えて」

「承知致しました」

ルシアは警護の軍人に礼を言ったあと、テディとウィルを褒めてやる。

「もう私や私の周りの人の匂いを覚えたのね。偉いわ」

そして、濡《ぬ》れている鼻を指先でちょんと撫でてやった。

「私を守ってくれてありがとう」

ルシアは頼もしい護衛だと笑う。

命が狙われているかもしれないことを知ったあと、護衛を増やすことになった。平然としているふりをしていても、やはり少し不安になっている。けれどもこの二匹がいれば、不審人物の接近を警告してもらえるだろう。

「どこへ行くにしても連れて行った方がよさそうね」

頼んだわよ、とルシアはウィルとテディの喉《のど》を撫でた。


よく晴れた日、ルシアは海軍の軍艦《ぐんかん》『グロリアーナ』に乗って海に出た。

波に慣れていない人は船酔《ふなよ》いするかもしれないと言われていたけれど、今のところは大《だい》丈夫《じょうぶ》だ。

「ここはまだ内海です。外海まで行くと波が一気に荒《あら》くなりますよ」

海軍の将軍レオニダスは、グロリアーナは大きいので外海でもそう揺れないと言っていたけれど、ルシアにとっては内海でも充分《じゅうぶん》すぎるほど揺れている。気を付けないと転んでしまいそうだ。

(でも、とても気持ちがいい)

潮風はべたついて不快だと言う人もいるだろう。

しかし、ルシアにとっては心地《ここち》よいものだった。自分をどこまでも連れて行ってくれる海風は、自分を応援《おうえん》してくれているような気がするのだ。

「ああ、海賊船と異国船がいますね。どうぞご覧になってください」

レオニダスは眼を細めたあと、ルシアに望遠鏡を渡す。

ルシアはそれを受け取り、レオニダスが指さす方を見てみた。

「船……あ、海賊が……！」

海賊船が一気に異国の商船へ近づき、体当たりをして、縄梯子《なわばしご》をかけて乗り込んでいく。

このあと海賊たちは、商人や乗組員たちを襲い、海に投げたり、捕まえたりして、積荷《つみに》を運び出す……という流れになるけれど、商人と乗組員たちに反撃《はんげき》されてしまった。

「護衛を雇《やと》っていたのね」

商船の乗組員は、逆に海賊船を乗っ取り、積荷を筏《いかだ》に乗せて流している。そのあとすぐに筏を回収し、海賊船の積荷だったものを自分たちのものにしていた。

回収作業が終わったら、商船から小舟《こぶね》が下ろされる。護衛と思われる者たちは、小舟に乗ってこちらへ近づいてきた。

「もしかして……あれは貴方《あなた》の部下なの？」

軍人に見えない格好をしているけれど、持っている武器や動き方が軍人だ。

ルシアが望遠鏡をレオニダスに返せば、レオニダスはにっと笑う。

「通航料を払った商船に、部下が外海まで付《つ》き添《そ》いますと親切心で申し出ただけですよ」

商人たちは商機に敏感《びんかん》だ。

海賊船を襲っても黙認されるということを理解したら、それを商売に繋げようとする。

つまり、傭兵《ようへい》と武器を用意し、海賊船狩《かいぞくせんが》りを目的とした船を出すのだ。

そのきっかけになる成功体験を、レオニダスは早々に用意したのだろう。

「これからチェルン＝ポートにいい風が吹《ふ》きそうね」

「はい」

ルシアはこの辺りの海域をぐるりと回る間、レオニダスに色々な話を聞かせてもらう。

航海中は想定外の事態にも対応できるように、できるだけ陸に近いところを通ること。

潮の流れの速いところは、船の操舵《そうだ》が難しいこと。

陸や島があっても、船を必ず停《と》められるわけではないこと。

嵐《あらし》が近づいてきたら港に入り、船を避難《ひなん》させておくこと。

レオニダスの口から語られる海と船の話は、とても楽しい。

「ここから北に行くと、ヘザー・グレン諸島があります。あの辺りは北からの海流と南からの海流がぶつかり合うので、魚がよく獲れるのですが、その代わり船の操舵が大変です。船乗りはどうしてもチェルン＝ポート港でひと休みしたくなるでしょう」

「チェルン＝ポートはなくてはならない港なのね」

長い航海をする船は、どうしてもチェルン＝ポート港に寄りたい。

だから海賊船は、疲《つか》れ切った船を狙って常にこの辺りをうろついているのだ。

「素敵《すてき》な航海だったわ。また乗せてもらえる？」

港に戻ってきたルシアは、レオニダスにエスコートされながら岸に降りる。

戦艦《せんかん》グロリアーナを見上げてそんなことを言えば、レオニダスは喜んでくれた。

「勿論《もちろん》です。辺境伯さまがいらっしゃったら、グロリアーナも張り切るでしょう」

そして、レオニダスはルシアに大事な話をこっそり教えてくれる。

「海に慣れていない人は、陸に降りても揺れている感覚が続きます。身体が陸に慣れるまで、椅子に座ってお休みください」

レオニダスの手が離れたあとのルシアは、大変なことになるらしい。

ルシアはレオニダスに頼んで海辺のカフェまで連れて行ってもらい、そこでレモネードを注文した。

セリーヌと共に外の席で海を見ながら、身体《からだ》の感覚が戻ってくるのを待つ。

「辺境伯さま、ご報告したいことがございます」

ゆっくり休憩していたら、メリックが現れてルシアに頭を下げた。

今日はたしか城で仕事をしていたはずだ。わざわざここまできたということは、急用があるのだろう。

「樽《たる》を積んだ馬車がチェルン＝ポートを訪れ、酒場の横で積荷を下ろしたのですが、その樽が行方不明《ゆくえふめい》になったそうです」

「お酒が大量に盗《ぬす》まれたということ？」

海賊たちがこっそりチェルン＝ポートにきて酒泥棒《さけどろぼう》をしたのか、もしくはまた別の犯人がいたのか。

そんなことをルシアは考えていたのだけれど、話は別の方向に向かった。

「それが……夕方、酒場の主人が店を開けようとしたとき、店の横に積まれた樽は頼んでいたものではないことに気づいて、海軍に通報しました。しかし、そのあとすぐに樽が消えてしまったそうです。樽を運んだ者は、酒場を利用することで、怪《あや》しまれないように荷物の受《う》け渡《わた》しをしたんでしょう」

「……中身は密輸品ということね」

チェルン＝ポートは港町だ。ここから異国に向かう船はいくらでもある。

武器、穀物といった異国に売ってはならないものを大量に売ろうとする者も、この港町を訪《おとず》れているだろう。

「この件は先ほど海軍から報告されました。議会と商工会にも共有しておきます」

「助かるわ、ありがとう。またなにかあったらその度に報告して」

「わかりました」

ルシアはレモネードを飲み干したあと、カントリーハウスに戻った。

すると、迎えてくれた執事長《しつじちょう》バリーの横に、フェリックスが立っている。

「お帰りなさいませ。お客さまがいらっしゃいましたので、居間《パーラー》にておもてなしをしておりました」

「ありがとう。フェリックスのための部屋を用意してあげて」

「はい。準備は整っております」

ルシアはフェリックスを歓迎《かんげい》するための指示を出したあと、フェリックスに笑いかけた。

「つい最近、王宮で会ったばかりじゃない」

「王宮では挨拶《あいさつ》をしただけですよ。それに、無事にチェルン＝ポートに到着したのかを、この眼で確かめたかったんです」

ルシアはフェリックスと共に居間《パーラー》へ移動し、足下《あしもと》にじゃれついてくるウィルとテディを構ってやる。

「バリーからカントリーハウス周辺に不審者《ふしんしゃ》がいたという話を聞きました」

「まだただの観光客の可能性もあるわ。街の人たちが気軽に『あの大きな家が辺境伯のカントリーハウスだ』と教えてしまうから」

ルシアは、このカントリーハウスをとても気に入っていた。けれども、身を守るという意味では、砦《とりで》にもなる城で暮らした方がいいだろう。

「護衛は増やしましたか？」

「ええ。海軍の軍人も警護を手伝ってくれているから安心して。それにウィルとテディもいる。今、海軍が二匹を訓練しているわ」

「暴漢に襲いかかる訓練ですか？」

フェリックスは、随分《ずいぶん》と身体が大きくなっていた二匹をたっぷり撫でてやる。

「号令と共に飛びかかる訓練と、匂《にお》いを辿《たど》る訓練よ。ウィルとテディは頼もしい護衛で、頼もしい探偵《たんてい》なの」

「それはよかったです」

フェリックスは、ルシアの話を聞いて少しだけ安心した。

ルシアは犯人を追跡《ついせき》するときにウィルとテディを使おうとしているのだろうけれど、フェリックスとしてはルシアの行方がわからなくなったときに活躍《かつやく》してもらうつもりである。

「海賊対策はどうですか？」

「早速、異国の商船が海賊を返《かえ》り討《う》ちにしたわ。このままずっと上手くいくとは限らないけれど、とりあえずいい結果が出たわね。……でも、また別の問題が発生したの」

ルシアは先ほど聞いたばかりの密輸品の話を、フェリックスにも聞かせた。

フェリックスは眉間《みけん》にしわを作り、う～んと唸る。

「港町の宿命ですね」

「そう。こればかりは永遠に解決しない」

関税がかけられているものをこっそり運ぼうとする者。

国外に売ってはいけないものを持ち出そうとする者。

海賊と同じく、どれだけ捕まえてもまたどこからか出てくるのだ。

「王宮で変わったことはあった？」

「……おそらくですが、国王陛下がルシア王女殿下を利用したようです」

ルシアは、フェリックスの『変わったこと』に首を傾《かし》げてしまった。

王に都合よく扱われているのは、生まれたときからのことである。

「これは俺の父から聞いた話なんですが、陛下はルシア王女殿下のチェルン＝ポート辺境伯としての働きを高く評価し、オリヴィア王女殿下とイザベラ王女殿下へ見習うようにとおっしゃったようでして……」

ルシアはため息をついてしまった。どうして自分の父は、己《おのれ》に慈悲《じひ》というものを与《あた》えてくれないのだろうか。

「陛下にとっては、『互《たが》いの足を引っ張り合うことよりも、国に貢献《こうけん》することを考えろ』という意味でしょうね。けれども妹たちにとっては、『王位継承権争いに長女を加える』という脅《おど》しに思えた。……いいえ、陛下は脅しとして受け取ってほしいのかもしれない」

ルシアは呆《あき》れながらも、王の判断に納得《なっとく》してしまう。

（王は娘の気持ちよりも国を優先しなければならない。長女に王位を与える気はなくても、有力候補を成長させるために迷っているふりをすべきだわ）

そう、ルシアは王の気持ちを理解できる。しかし、その気持ちに対して寄《よ》り添《そ》うことはできない。「お父さまも大変なんですね」と言う日は一生こないだろう。

「……いいわ。こちらも陛下を利用することで『お互いさま』にしましょう。次の大会議では、木材の輸出を禁止してもらう。他の国はもう禁輸が決定しているのに、我が国はまだこの港から船を造るための上質な木材を他国へ送っているわ」

「それは素晴《すば》らしい案です。協力させてください」

フェリックスは社交の場で、木材の輸出禁止の必要性を他の貴族たちに広めていくことにする。

「ルシア王女殿下のお手伝いができるのなら、次期王配という立場も悪くないですね。俺は不幸だとしても、その不幸を利用できる強さを得たいです」

フェリックスの言葉に、ルシアはそうねと微笑《ほほえ》む。

「私もそうありたい。不幸であることに溺《おぼ》れると厄介《やっかい》だわ。被害者《ひがいしゃ》だからなんでもしていいという考え方が、私を支配するかもしれない」

ルシアは、自分のことを強い人間だと思っていない。

親を恨《うら》むこともある。自分の境遇《きょうぐう》を哀《あわ》れみ、可哀想と嘆くこともある。妹たちを羨《うらや》ましく思うこともある。どこにでもいるただの人間だ。

しかし、思うだけにしておきたかった。

「今は、どんなことも次に進む力に変えていけるチェルン＝ポート辺境伯でいたいの」

ルシアの想《おも》いに、フェリックスは心打たれる。

同時に、どうして王位継承権争いに参加できないのかという思いも生まれる。

——王妃《おうひ》の子であれば、皆から認められる女王になっていたはずだ。

しかし、このことは絶対に口にしてはならないと、フェリックスは己に言い聞かせる。

言ったら最後、ルシアが慰《なぐさ》めてくれる。そんな展開にはしたくない。

フェリックスは、いつかルシアにとって泣き言を零せる相手でありたいのだ。


ある日、ルシアの元に脅迫状《きょうはくじょう》が届く。

——チェルン＝ポート辺境伯を返上し、この国から出ていけ。さもなくばチェルン＝ポート辺境伯領に恐《おそ》ろしいことが起きるだろう。

この手紙は、チェルン＝ポート議会の建物の門のところに捩《ね》じ込《こ》まれていたらしい。親切な議員が誰かの落としものだろうと思って手に取り、宛名《あてな》を確認したところ、ルシアの名前が書かれていたので、ここまで渡しにきてくれたのだ。

ルシアは礼を言ってその手紙を受け取ったけれど、手紙の正体は脅迫状だった。

「……オレンジの爽《さわ》やかな香りがするわ。香水《こうすい》かしら」

犯人は女性だろうか。それともこの香りに意味があるのだろうか。

ルシアはそんなことを考えていたけれど、この事件はまだ始まったばかりだった。

「聞いたか？　辺境伯さまに脅迫状が届けられたらしいぞ」

「若い女だからなぁ、恨みも買うだろうよ」

「男をカントリーハウスに連れ込んでいるって聞いたぜ。男関係かもな」

ルシアが脅迫状を受け取ったことを知っているのは、ルシア以外には脅迫状の送り主しかいない。

どうやら送り主は、ルシアに恨みがあるようだ。港町に嫌な噂《うわさ》をばら撒《ま》いてくれた。

「もう！　信じられません！　辺境伯さまはチェルン＝ポートのために私財を投げ打って船を造ってくださっているのに！」

「明日の議会で、妙《みょう》な噂に踊《おど》らされないように気を付けてほしいという話を父がするそうです。僕もできる限りのことをします……！」

セリーヌは、妙な噂が突然《とつぜん》流れ始めたことに怒《おこ》ってくれる。

メリックは、噂話《うわさばなし》の対応に取り組むと言ってくれた。

ルシアは自分を支えてくれる二人に感謝する。

「二人とも、ありがとう。……貴女たちも気を付けて」

犯人の心当たりはいくらでもある。

ルシアが王位継承権争いに加わったと思い込んだ妹たち。

チェルン＝ポートの発展が気に食わない者たち。

海賊対策に反抗《はんこう》したい海賊たち。

誰が犯人にしろ、ルシアは脅迫《きょうはく》に屈《くっ》するつもりはない。

——チェルン＝ポート辺境伯をルシアに与えたのは国王だ。ルシアは、国王の判断は正しかったということを示し、臣民として国王の権威《けんい》を守らなければならない。

（……そう。私は強い王女だから。そうありたいの）

きっと、ここで逃げてしまった方が楽だろう。

自分が有能だから厄介な人物に眼をつけられて、皆を守るために仕方なく辺境伯を辞めたと言って同情を買った方が、心穏やかにいられるだろう。

けれども、ルシアはそうしたくないと自分の意思で決めた。

（しばらく外を出歩かない方がいいのかもしれないわ）

チェルン＝ポートの住民たちは、ルシアの完全な味方というわけではない。

今のルシアはまだ『色々やっている新しい辺境伯』でしかないのだ。


ルシアは脅迫状の話を、国王エドワードとフェリックスに手紙で知らせた。

エドワードには王命を軽視する脅迫に屈しないという意思を、フェリックスには身の回りに気を付けるということも伝えた。

そして脅迫状事件の二週間後、脅迫状の差出人が再び動く。

「……今のは？」

どん、という鈍《にぶ》い音が、ルシアのカントリーハウスに聞こえてきた。

ルシアは似たような音をアルジェント国で聞いたことがある。パレードのときに鳴らされる祝砲《しゅくほう》が、たしかこんな音を立てていたはずだ。

（大砲《たいほう》……？　海でなにかあったのかしら）

ルシアは護衛騎士に声をかけ、屋敷の外の見回りをしている軍人に様子を見てきてほしいと頼む。

軍人は港まで急いで行ってくれた。そして、すぐに戻ってくる。

「辺境伯さま、湾内から出ようとしていた商船上で爆発《ばくはつ》事故がありました」

「爆発？　それは大砲を撃《う》たれたということ？」

「まだ詳《くわ》しいことはなにもわかっていません。商船はチェルン＝ポート港に戻ってくるようです。海軍は軍艦を出しました。なにかあればすぐに救助を開始します」

海でなにかあった。それは間違《まちが》いない。

ルシアは、自分への脅迫状とこの爆発事故を結びつけてもいいのかを迷ってしまう。

「……私も海に向かうわ。もしかすると、私を家から出すための陽動作戦かもしれないから、慎重《しんちょう》に動きましょう」

ルシアはセリーヌに今着ているドレスを渡し、顔を隠しながら窓辺に座ってもらう。それから使用人の通路を使ってカントリーハウスからそっと出て、地味な馬車に乗って移動した。

「レオニダス将軍、報告を」

海に着いたルシアは、将軍を呼んでもらう。

レオニダスは海までやってきたルシアに驚《おどろ》きながらも、現時点で判明していることを丁《てい》寧《ねい》に教えてくれた。

「出航した商船の甲板上で爆発事故が起きました。甲板《かんぱん》に穴は開きましたが、船は問題なく動かせるので、そのまま港へ戻ってくることになりました」

「爆薬《ばくやく》は大砲用のものなの？」

「いいえ。デイジーに確認してもらいましたが、船内にあった爆薬は爆発したものだけです。商船に大砲は積まれていませんでした。……つまり、船員の誰かが爆薬を持ち込み、爆発させたのでしょう」

デイジーは海軍で飼っている犬だ。爆薬の臭いを嗅《か》ぎ分《わ》けることができるので、異国へ輸出される荷物に貴重な爆薬がないかどうかを確認させていた。

「……爆発で船が沈《しず》む可能性はあったのかしら」

「あの爆発では沈まないと思います。場所が悪くて沈むようなことがあったとしても、避難はできました」

自分が乗っている船を沈めようとしたのなら、その船にかなりの恨みがあるだろう。けれども、船が沈まない程度の爆発になるのなら、金次第《しだい》で実行する者もいるかもしれない。

「爆発は湾内《わんない》で起きたのよね？」

「はい。湾から出ようとした辺りです。……陸からでも目視できるぎりぎりのところですね」

レオニダスもルシアと同じ想像をしているようだ。

——この爆発は、チェルン＝ポート辺境伯に届いた脅迫状に関係しているかもしれない。その場合、なにかわかってから動くのでは遅すぎる。今回の爆発事件についてまた妙な噂が流れたら、チェルン＝ポートの住人の怒《いか》りがルシアに向くことだってあるだろう。

「船を調べた結果、海賊の仕業《しわざ》だったということにしてちょうだい。海賊が船員に金を握《にぎ》らせ、船の上で爆薬に火をつけさせ、その隙《すき》に攻《せ》め込もうとしていたという発表をしましょう」

「わかりました」

「海賊が爆薬を他にも用意していたという噂も流しておいて」

こうしておけば、他の船の上で爆発事故が起きても、また海賊の仕業だと思ってもらえるはずだ。

「念のために海軍の砲弾《ほうだん》の管理を見直しておきます」

「頼んだわ」

爆薬というのは、そう簡単に手に入るものではないし、かなり高価なものである。爆発事件の犯人は、それを入手できる側の人間であるのは間違いない。

（一体、誰なの……？）

ルシアはレオニダスとの打ち合わせを済ませたあと、カントリーハウスに戻った。

カントリーハウスが襲撃《しゅうげき》されることを心配していたけれど、何事もなかったようだ。

ルシアはセリーヌに少し休んでと言い、居間の窓辺に顔を出す。

（この対応でよかったのか、不安になるわね）

今回は、船に穴が開くだけで済んだ。しかし、次は誰かの命が狙われるかもしれない。

どうにかしてその前に犯人を捕らえたかった。

「辺境伯さま、失礼致します」

ルシアが難しい顔をしていたら、バリーが居間を訪れてルシアに封筒《ふうとう》を差し出す。

「先ほど、いつもの店から果物が運び込まれました。この手紙は、その果物の木箱に入り込んでいたものです」

「……手紙」

このカントリーハウスの使用人は、食材や酒を買いに行くことはない。

なぜかというと、食材や酒を扱う店の者たちが、馬車に商品を載せてこのカントリーハウスまできてくれるからだ。

（使用人たちに「手紙に警戒して」と言っておいたけれど、出入りしている店の人たちにはまだ伝えていない……。脅迫状の差出人は、顔を見られないよう慎重に動いているわね）

果物の箱に紛《まぎ》れ込《こ》ませたのもなかなか考えてある。この臭いを辿れとウィルやテディに命じても、果物の匂いを辿ってしまうため、差出人まで届かないだろう。

「手強《てごわ》い相手だわ」

ルシアは手紙を慎重に開く。前の脅迫文と同じ文字だ。わざと下手に書くことで、誰が書いたのかを特定されないようにしていた。

――チェルン＝ポート辺境伯を返上し、この国から出ていけ。さもなくばチェルン＝ポート辺境伯領にもっと恐ろしいことが起きるだろう。

ルシアは眼を細める。

先ほどの爆発は、やはり自分をここから追い出したい者によって引き起こされたようだ。

「辺境伯さま、ご報告があります」

ルシアの護衛騎士の声だ。ルシアは「入って」と返事した。

「街から戻ってきたばかりの使用人の話です。誰も住んでいない家の塀《へい》に落書きがあったそうです」

「落書き？」

「はい。漆喰《しっくい》で『チェルン＝ポート辺境伯を返上し、この国から出ていけ。さもなくばチェルン＝ポート辺境伯領にもっと恐ろしいことが起きるだろう』と書かれていたと聞きました」

ルシアの頭が痛む。今回の爆発事件を海賊のせいにしたかったのに、向こうはそうさせてくれなかった。

（すぐ街中に『犯人が海賊なら辺境伯ではなくて海軍を標的にする。これは辺境伯を狙っ

た事件だ』という噂が流れるでしょうね……。犯人は私の動きを読んでいる。次はどうするつもりかしら）

向こうはルシアの動きを読んでいるのに、こちらは犯人の動きを全く読めていない。

……いや、読めてはいる。ただ、次の動きの可能性が数え切れないほどあるため、それら全てに対応することが不可能なだけだ。

犯人の次の標的を絞り込みたいのなら、犯人に繋がるものを可能な限り手に入れる必要があるだろう。

「……その文字が書かれた時刻はわかる？」

「使用人が近所の人へ落書きについて尋《たず》ねてみたところ、昨日、塀に布がかけられていたことは覚えているそうです。深夜になればあまり人が通らなくなるところなので、これ以上の目撃《もくげき》証言は得られないかもしれません」

「そう……。他にわかったことがあればまた報告して」

ルシアの心に、不安がじわりと広がっていく。

（犯人は、私の行動を読んで常に先回りしている。証拠は徹底的に残さない。一体、貴方は何者なの……!?）

ここがもっと田舎であれば、他所者は目立っただろう。犯人がどこでなにをしていたのかを追えただろう。

しかし、チェルン＝ポートには港があって、国内の船も異国の船も寄港している。

ここに住む者たちは、見たことのない顔を毎日のように見ているのだ。

「………」

ルシアは眼を閉じた。

動揺《どうよう》しては駄目《だめ》だと己に言い聞かせていたら、とんと膝を叩《たた》かれる。

「ウィル、テディ……」

二匹の犬が心配そうにルシアを見上げていた。

ルシアはきゅんきゅんと鳴く二匹の犬を交互《こうご》に撫でてやる。柔《やわ》らかな毛並みに癒《い》やされ、自然と笑顔《えがお》になった。

「そうね。私はチェルン＝ポート辺境伯になったんだから、困難が待ち受けているのも当たり前のことだわ」

今はやるべきことをやっていこう。

ルシアはそう決め、椅子から立ち上がった。

新しいチェルン＝ポート辺境伯は、婚約者《こんやくしゃ》を亡《な》くして国に戻ってきた王女である。

チェルン＝ポート辺境伯領に住む者は、そのことに「へぇ」と思うだけだった。王女が辺境伯になっても、誰かが代わりに辺境伯の仕事をすることは明らかだったからだ。

そして、いつからか金髪《きんぱつ》の美しい王女が街を歩くようになった。

王女は職人を何人か呼んで都会風のものを販売《はんばい》させていたけれど、以前と変わったことはそれぐらいだろう。

住民は今のところ、ここで楽しそうに暮らしている新たなチェルン＝ポート辺境伯へ好意を抱きつつある。

しかしそんなときに、チェルン＝ポート港で爆発事故が起きた。

そして、チェルン＝ポート辺境伯に脅迫状が送られたのだ。

住民たちは、自分たちの街に危険人物を招いた新しいチェルン＝ポート辺境伯に、不信感を抱いてしまった。

「……この屋敷への嫌がらせが増えたわね」

あの爆発事故から十日が経っている。カントリーハウスに押しかけてくる人はまだいないけれど、家に卵を投げつけられたり、「出て行け」と書かれた紙を投げ込まれたりすることはあった。

「バリー、みんなに気を付けるよう言って。きっともう街で不快な思いをしているでしょうけれど、喧嘩《けんか》だけはしないようにしてほしいわ。今は我慢《がまん》のときよ」

「承知致しました」

使用人たちもチェルン＝ポートの住人だ。街の仲間の不安な気持ちもわかるけれど、主人を守りたいという思いもあって、とても辛《つら》い状況だろう。

「セリーヌ、将軍が『カントリーハウスに行くな』と言ったら素直《すなお》に従いなさい」

ルシアの侍女をしているセリーヌも、嫌がらせの対象になるかもしれない。

事態が落ち着くまではこなくてもいいとルシアは気を使ったけれど、セリーヌは笑顔で首を横に振った。

「このようなときだからこそ辺境伯さまをしっかりお支えするようにと、父から言われています。私も同じ想いです」

「……ありがとう」

ルシアが礼を言えば、メリックが慌てた声を出す。

「僕も通い続けますから！　今は苦しいときですが、もう少ししたら辺境伯さまがどれだけチェルン＝ポートを愛してくださっているかを皆も理解すると思います！」

ルシアの仕事をずっと支え続けてくれているメリックに、ルシアは微笑んだ。

「メリックもありがとう。貴方の言う通り、船が完成して進水式を終えれば、このチェルン＝ポートを守ろうとしていることが伝わるはず。それまで頑張りましょう」

セリーヌ、メリック、レオニダス、カントリーハウスで働いている者たち……ルシアの味方は沢山いる。

（爆発事故が起きた商船の調査で、なにかがわかれば……！）

ルシアは心をざわつかせながらも、いつものように造船所での作業の経過を気にして、税金の報告を聞いて、通航料についての抗議《こうぎ》の手紙を読んだ。

「……雨だわ」

昼下がり、ぽつぽつと窓を叩く音が聞こえてくる。

ルシアは、雨脚が強くなる前にセリーヌとメリックを帰らせた。今日は急いでしなければならないことはないし、雨ならば訪問客もいないだろう。

（静かな午後になりそうね）

読書でもしようと思い、居間で本をめくっていたら、次第に眠《ねむ》くなったらしい。

玄関《げんかん》から聞こえてくる人の声でようやく眼が覚めた。

（客人？）

ルシアは窓を鏡の代わりにして髪《かみ》とドレスを確認する。

寝癖《ねぐせ》がついていなくてよかったと思っていたら、窓にぼんやり映る自分がじっとこちらを見ている気がした。

「……やめて」

ルシアは窓に手をつく。そうではないと首を横に振った。

「私は……！」

可哀想だと言われたくないと叫《さけ》ぼうとしたとき、知っている声が聞こえてくる。

（この声は……）

ルシアの足下でうとうとしていたウィルとテディが、嬉しそうに立ち上がった。尻尾を勢いよく振って、早く行こうとルシアを促《うなが》してくる。

ルシアは呼ばれる前に居間を出た。そして、玄関ホールに向かう。

「……ルシア王女殿下！」

訪問客は、ルシアを見るなり嬉しそうな顔をした。

ルシアもここまできてくれた喜びを素直に伝える。

「いらっしゃい、フェリックス。雨なのによくきてくれたわね」

雨の中の客人は、ルシアの心強い味方であるフェリックスだ。

ルシアは濡れた身体を拭《ふ》いているフェリックスに微笑み、まずは着替えてきてと優《やさ》しく声をかけた。


雨が上がったあとは、青空の下で風がよく吹くいい出帆日和《しゅっぱんびより》になる。

ルシアは朝食後、フェリックスやセリーヌと共に出かけた。外にいれば襲われる危険性が高くなるけれど、閉《と》じこもっていたら臆病者《おくびょうもの》だと罵《ののし》ってくる者もいるだろう。

「フェリックスの護衛騎士もいるから助かるわ。これだけ警護する者たちがいれば、襲撃計画を立てていても躊躇《ためら》うでしょうね」

「早速お役に立ててよかったです」

ルシアは犬の散歩をしながら、脅迫文が書かれた塀のところに行ってみる。

すでに漆喰《しっくい》で文字を塗《ぬ》り潰《つぶ》したと聞いていた通り、なにもなかったことになっていた。

（犯人の目的は果たされていない。またなにか仕掛けてくるはず）

次にルシアは海へ向かう。今日は多くの船が沖に出るはずだ。そして、海軍も見回りのために軍艦を出すだろう。

「見て、平和になった海よ。流石に湾内には海賊船が出なくなったの。海賊船を狩《か》る商船が出てきたおかげね」

ルシアが太陽の光を反射させている海を指差したとき、それは起きた。

——どん、と腹に響《ひび》く音が近くから聞こえてくる。

この音に覚えがあった。最近、聞いたばかりだったからだ。

「爆発⁉」

護衛騎士たちは、どこから聞こえてきた音なのかをわかっているようだ。二人が「見てきます！」と走り出し、残った者たちは周囲を警戒した。

「安全な場所へ移動しましょう。ここからなら海軍基地の方がいいかもしれません」

「わかったわ」

護衛騎士の提案通り、ルシアは海軍基地へ向かう。その途中で様子を見にいった騎士たちが戻ってきて、なにがあったのかを報告してくれた。

「あの先の……煙《けむり》が少し見えると思いますが、とある家の敷地《しきち》内で爆発が起きたようです。侵入《しんにゅう》してから爆薬に火をつけたのではなくて、ザクロ……このぐらいの大きさの小型の爆発物に火をつけ、道から投げ込んだのでしょう。建物にひびが入っていましたが、それ以外の被害《ひがい》はありませんでした」

「家の人が怪我《けが》をしなくてよかったわ」

現時点では、先程の爆発がルシアに関係するものかどうかはわからない。

しかしルシアは、その可能性は高いと思っている。

(また仕掛けてくることをわかっていたのに、見ていることしかできなかった……!)

唇を嚙み締めながら歩いていたら、再び爆発音が聞こえてきた。今度は別の方角からだ。

「とにかく、まずは私たちとフェリックスを海軍基地まで送り届けて」

ルシアは優先順位をはっきりさせた。あれもしたいこれもしたいという指示を出すと、どれも中途半端《ちゅうとはんぱ》になる。

「辺境伯さま、帽子《ぼうし》とパラソルを私に。覚悟はできております」

「……頼んだわ」

ルシアは、こういうときのために持ってきた日よけの外套《がいとう》を被る。

そして、いかにも身分の高い女性に見える帽子とパラソルをセリーヌに渡した。

もしもルシアの顔をよく知らない他所者《よそもの》がいたら、遠くからならセリーヌをルシアだと思うだろう。

「海軍基地まで急ぎましょう」

ルシアは早足で海軍基地に向かったけれど、あと少しというところで三度目の爆発音が聞こえてきた。

爆発の場所が気になるけれど、振り返りはしない。王女である自分が安全なところに行かなければ、周りは自由に動けないのだ。

「辺境伯さま！　こちらへどうぞ！」

海軍基地に行けば、顔見知りの軍人がすぐ応接室に案内してくれた。

レオニダスが急いできてくれて、テーブルに地図を広げ、現時点でわかっていることを教えてくれる。

「犯人は小型の爆発物を家屋に投げ入れているようです。投げ入れた場所は、ここと……ここですね。まだ続くのか、三発で終わるのかはわかりません。先ほど、デイジーを出動させました。火薬の臭いを辿らせます」

「頼んだわよ」

「はい」

ルシアは安全なところに避難した。次の指示を出した。

辺境伯として冷静にやるべきことをやっているはずだ。

――それなのに、不安がつきまとっている。

（……私は犯人より劣っている。悔しくても、この事実を認めないといけない）

チェルン＝ポートにきてからのルシアは、様々なことに取り組んでいた。どれも大変だったけれど、最終的に皆と手を取り合うことができたため、自分のことを優秀な辺境伯だと思っていたし、周りにもそう思ってもらえただろう。

しかし、今までは運がよかっただけだ。こうして本当に頭のいい相手と敵対したら、敵の思惑通りのことしかできていない。

(私は優秀な辺境伯ではない。どの時代にもいた普通の辺境伯だわ。……だから王女としての権力と金を使い、効率が悪くても、できることはなんでもするしかないのよ)

まずは一連の事件を冷静に見直してみよう。犯人は神ではなくて人間だから、思考の癖は必ずどこかにある。それが分かれば、次の動きが読みやすくなるはずだ。

「……気になることがあります」

ルシアの傍《そば》にいるフェリックスが、地図を見ながら口を開いた。

「チェルン＝ポートで起きている爆発事件は、チェルン＝ポート辺境伯を直接狙ったことは一度もありません。以前の馬車を狙った事件と区別した方がいい気がします」

ルシアはその通りだと頷いた。

「王女の命を狙えば王女殺人未遂事件として扱われ、大々的な調査が行われる。けれども、チェルン＝ポートの街や船で爆発を起こすだけなら、チェルン＝ポートで解決すべき事件という扱いになる。どちらの目的も『第一王女を王位継承権争いから外す』だろうけれど、爆発事件の犯人の方は大々的な調査を明らかに嫌がっているわね」

犯人は冷静だ。王女殺人未遂事件にならないよう慎重に動いている。

(……犯人の狙いが本当に私なら、犯人はチェルン＝ポートに詳しくない。私が辺境伯になってから、慌ててこの港町について調べたはず。ここを歩き慣れていない者の癖が、ど

こかに出ているかもしれない）

ルシアは、テーブルに広げられている街の地図を見てみる。

爆発物が投げ込まれた場所と、一つ目と二つ目の爆発の間隔と、二つ目と三つ目の爆発の間隔からすると、爆発物を投げ込んでいるのは一人かもしれない。

（一人……？）

ルシアは、最初の船上での爆発事件や脅迫状のことを思い出す。

乗組員を買収することも、脅迫状を書いて出すことも、塀への落書きも、どれも一人でできることだった。

（爆発物を家屋に投げ込んだら、海軍が街の見回りを始める。そんなことは犯人もわかっている。それでも警戒が厳しくなる中、二度目と三度目の爆発を起こした。私を脅すことが目的なら、同時に三つの爆発を起こせばいいのに）

他人を信用できないからだろうか、とルシアは考えてみる。

しかし、犯人は金を使って商船の乗組員に爆薬を託したことがあった。自分の手で全てのことをしたいわけではない。

（犯人はどういう人間なの……？）

頭がとてもいい。常にルシアより先に動き、証拠を残さないよう気を付けている。

ルシアを王位継承権争いから外したいけれど、命を直接狙うことはなく、精神的な圧力をかけて自ら辞任させる形にしようとしている。

商船の乗組員を買収したり、爆薬を用意したりする権力と金を持っている。

指示を出している者と実行犯が同一人物なのか、それとも雇われた人物が実行犯になっているのかはわからないけれど、現場で動いているのは一人だ。

(気になるのはやっぱり、この『動いているのは一人』というところ)

ルシアは、ぼんやりとした疑問の答えが上手く出せなかったので、隣にいるフェリックスを頼ることにした。

「……フェリックス。毎回、一人だけを動かすことに意味を持たせられる?」

「え? 毎回、一人だけを動かす……ですか?」

ルシアの質問はあまりにも曖昧なものになってしまったけれど、フェリックスはそれでも真面目に考えてくれる。

「う～ん……ゲームのルールでしょうか。大体はそうですよね。駒とかカードとか」

ルシアはフェリックスのおかげで、大事なことに気づけた。

(……そうよ。犯人はチェスのように駒を一つずつしか動かしていない)

ルシアは、犯人と似たようなことをしていた人を知っている。

——アレクもこういう考え方をしていた……!

病弱でベッドの上にいることが多かった亡き婚約者アレクサンドルは、ベッドの上でもできることを得意としていた。勉強の他に、ボードゲーム、それからカードゲームが強く、ルシアはいつも負けていた。

そんなアレクサンドルにも、苦手なことがある。

複数人と一緒に会話をすることや、なにかしている最中に指示を求められることは、かなり不得意だった。

——ルシアは凄いね。

ルシアが社交界で貴婦人たちと談笑したり、女官に囲まれながら複数の指示を同時に出していたら、アレクサンドルは自分にはできないと必ず誉めてくれた。

（犯人はアレクサンドルと同じように、複数のものを同時に動かすことが苦手なのだとしたら……）

この『一つずつしか駒を動かせない』というルールがわかれば、犯人の次の動きを絞り込むこともできそうだ。

——犯人の目的は、ルシアを無能な悪役にすること。

ゲームの場所は、港町チェルン＝ポート。

手持ちの駒は、多くの金と、爆薬と、一人の人間。

破壊してもいいのは船と街だけで、ルシアに手を出したら犯人の負けになる。

（住人の信頼を失ったぐらいでは、国王陛下による任命を覆せない。辺境伯を辞めさせたいのなら、もっと大物の信頼を失わせないと。功臣と誉れ高い貴族とか、高位の聖職者とか、あとは異国の王族とか……）

ルシアはそのとき息を呑んだ。

ここに異国の王族はいないけれど、異国の船はいる。

異国の船の中には、王命によって航海しているものもあるだろう。

「……わかったわ。犯人の次の狙いは、異国船を利用した外交問題よ」

犯人はチェルン＝ポート港に寄った異国船上で爆発事故を起こし、チェルン＝ポート辺境伯のせいだという噂を流すつもりだ。

勿論、この爆発事故がすぐ外交問題になるわけではない。

しかし国王に、『第一王女を辺境伯にしておいたら、異国との関係が悪化するかもしれない』と思わせることはできるだろう。

「チェルン＝ポートに寄港している異国船に荷物の確認を頼みましょう」

フェリックスが動こうとしてくれたけれど、ルシアはそれを止めた。

「もう遅《おそ》いわ。ほとんどの船は出航したあとよ」

今日は雨上がりの快晴だ。強い風もある。

犯人はこの日をずっと待っていたのかもしれない。

「犯人は以前、商船の乗組員に金を握らせ、小さな爆発にしかならないから大丈夫と言って火薬を渡した。でも前回と違って、今回は大規模な爆発になるはずよ」

犯人は、用意した爆薬がどの程度でどのぐらいの威力《いりょく》になるのかを、爆発後にどのぐらいで海軍が駆けつけるのかを、本番前にあの船で試《ため》したのだろう。

（一連の計画は本当によく考えられているわ。これだけの頭があれば、王位継承権争いな

んて簡単に決着がつくはず。私を脅威《きょうい》に思う必要なんてないのに）

犯人は、王位継承権争いからルシアを外したい。

けれども犯人の頭脳は、王位継承権争いに使われていない。

ここにきて『なぜ』が生まれたけれど、それは後回しだ。

「朝早くに街中で爆発事故を起こしたのは、デイジーを港から遠ざけるためでしょうね。その間に異国船を出航させ、できるだけ港から離れた海上で爆発事故を起こしたかった。デイジーによる警告や海軍による救助活動が間に合ったら、外交問題になりにくいもの」

犯人の狙いはわかってきた。

しかし、ルシアの負けは近い。チェックをかけられてしまっている。

海軍の軍艦を出し、出航した船を呼び止めてデイジーに荷物の確認をさせることはできるけれど、一隻《せき》ずつ確認している間にどこかの船で爆発が起きるはずだ。

（でもね、私には同時に動かせる『騎士《ナイト》の駒《こま》』が二つもあるのよ）

知らなかったでしょう、とルシアは笑う。

「……爆発物を見つけ出せるのは、デイジーだけじゃないですよね」

フェリックスも同じことを考えていたらしい。

ルシアは頷き、今ならまだ間に合うかもしれないと立ち上がった。

「誰かウィルとテディを連れてきて。それからエルウッド将軍に軍艦の出航準備をさせるように伝えてちょうだい。なにか理由をつけて既《すで》に出港した異国船に乗り込み、爆発物を見つけて廃棄するわよ」

ルシアには、頼《たよ》りになる騎士が二匹もいる。

彼らの初陣《ういじん》は、きっと華々《はなばな》しいものになるだろう。

「そこの船！　止まりなさい！　このままだと沈没《ちんぼつ》する！」

船同士で伝えたいことがあるときは、旗を使う。

ルシアは海軍の軍艦を全て出してもらい、外海に出ようとしていた異国船に『外壁《がいへき》に穴が開いている』と旗信号で伝えてもらった。

船乗りが一番恐れているものは、漂流と沈没だ。

どの船もすぐに海軍の旗信号を信じ、修理箇所《かしょ》を詳しく教えたいと申し出た海軍の軍人を船に招いた。

海軍の軍人はそのあと、船長だけに大事な話をする。

——通報があった。船の中に海賊と通じて爆発物を持ち込んだ者がいる。今から爆発物を探し出すから、乗組員を二人一組にして互いを見張らせろ。

長期の航海中に裏切り者が現れるのは、よくある話だ。勿論、船長たちは対応の仕方を知っている。

海軍は船長に乗組員の動きを封じてもらったあと、ルシアの忠実なる飼い犬に爆発物を探すよう命じた。

「あったぞ！」

「慎重に運べ！」

海軍は爆発物を見つけたあと、船上にいる裏切り者も捜し始める。

ウィルやテディに乗組員の匂いを嗅がせ、手や服に火薬の臭いをつけた者に向かって力強く吠《ほ》えてもらった。

「よーしよし、よくやった。次の船に行くぞ」

軍人は大活躍《だいかつやく》してくれた犬を撫で、おやつを与える。

「お前たちの主人のためにも頑張ろうな」

ひと仕事終えた軍人は、湾内にある一際《ひときわ》大きな異国の軍艦を見て、まだ爆発が起きていないことにほっとした。

——商船ならば、火薬を積むことはほぼない。あったとしても、護身用のピストルの弾《たま》に入っているぐらいだ。

しかし、軍艦は違う。大砲が積まれていて、そのための弾薬《だんやく》もある。犬の嗅覚《きゅうかく》で『勝手に積まれた爆薬』だけを探し出すのは、かなりの時間がかかるだろう。調べている間に爆薬へ火をつけられることもあるはずだ。

ルシアはフォルトナート王国の軍艦『グロリアーナ』に乗っていた。

そして、外海に向かっていたアルジェント王国の軍艦に『この先にいる海賊について話し合いたい』という旗信号を送ってもらう。

「アルジェント王国の軍艦からの返事は？」

ルシアの問いに、海軍将軍レオニダス・エルウッドは背筋を伸ばしたまま答える。

「『了解《りょうかい》した』と言っています」

「第一王女がそちらの船上に行くから、最上級のおもてなしをしてほしいと頼んで」

異国の商船はウィルとテディの嗅覚に任せればいいけれど、軍艦になるとそうもいかない。人間の手で爆薬を探し出した方が早いだろう。

(でも、フォルトナート王国の軍艦が策もなくアルジェント王国の軍艦に近づいたら、アルジェント王国の軍艦の中にいる裏切り者を警戒させてしまう)

ルシアはどこかにいる裏切り者を警戒させないよう、わざと自分の姿を晒した。

フォルトナート王国の軍艦の甲板に立ってドレスをなびかせることで、そちらに用があるのは軍人ではなくてお姫さまだと示したのだ。

——ああ、よかった。爆発物のことはまだ知られていなかった。知られていたら、王女本人が軍艦に乗り込んでくるはずがない。

アルジェント王国の軍艦内にいる裏切り者は、フォルトナート王国の軍艦を見たときに冷や汗をかいただろう。そして今、おもてなしの準備で慌ただしく動いてる間はこっそり動けないとため息をついているはずだ。

「フォルトナート王国の第一王女ルシアよ。ご機嫌《きげん》よう」

ルシアは護衛騎士と共に、アルジェント王国の軍艦の甲板に立った。

今ここには、軍艦の乗組員が揃《そろ》っている。最上級のおもてなしというのは、全員が手を止めてルシアに敬礼するということだ。

(アルジェント王国の軍艦でよかった。私の顔を知っている者もいるでしょうから)

ルシアはかつて、アルジェント王国の未来の王妃《おうひ》だった。

優雅《ゆうが》なアルジェント式の礼を見せ、アルジェント国との絆《きずな》を大事にしていることを示す。

「貴方がギデオン・ドレイクスバーグ将軍ね」

「はい。高貴なるお方を軍艦ヴァリエルにお迎《むか》えできて光栄です」

ギデオンが最高礼を見せ、ルシアに歓迎していることを伝えた。

「ドレイクスバーグ将軍、実はこの先に海賊の棲処《すみか》があるの。その情報はつい先ほど手に入れたばかりよ。私は今から海軍を率いて討伐するつもりでいるわ。この軍艦をその戦いに巻き込みたくないから、航路を変えてちょうだい。……海図を」

ルシアは付き添いの軍人に持たせていた海図を広げさせ、海賊の棲家《すみか》の場所を指さす。

ギデオンは、自分たちの航路の近くであることに気づいて、難しい顔をした。

……というように、周りからは見えているだろう。

しかし、海図には海賊の棲家が書かれているのではなく、注意を促す小さな紙が貼《は》られていた。

『この軍艦に爆発物が持ち込まれたかもしれない。海賊と繋がっている裏切り者に気づかれないよう今すぐ積荷の確認をしてほしい』

ルシアの警告はギデオンにしっかり伝わった。ギデオンはルシアだけに聞こえる声で、「感謝します」と言う。

「ドレイクスバーグ将軍、詳しい話は中で……と言いたいけれど、折角《せっかく》だから艦首《かんしゅ》に立ってみてもいいかしら」

ルシアはギデオンを手助けするために、可愛らしいわがままを口にする。

「ええ、勿論です。船長、王女殿下を艦首へご案内するように。王女殿下、足下にお気を付けください。……総員、休め！」

姫《ひめ》が甲板上にいる間、乗組員は動いてはいけない。

ギデオンと副官だけが話し合いの準備をしにいくという状況を、ルシアは上手く作り出した。

ルシアは船長にエスコートされながら、甲板をゆっくり歩く。

——私が爆発物を船内にこっそり持ち込むのなら、自分の部屋には置きません。手元で見張っておきたい気持ちはありますが、万が一見つかったときに犯人だとすぐにわかってしまいますからね。

ルシアは、レオニダスの言葉を思い出した。

——おそらくは、武器庫か予備の帆《ほ》などを置いてある倉庫に隠したはずです。出航直後ならここに出入りする者もそういないですから。

ルシアはなにも知らない船長と色々な話をしながら、爆薬が武器庫や倉庫から出てくるのを待ち続ける。

「王女殿下、中でレモン水でもいかがですか？　騎士の方々もどうぞ」

しばらくするとギデオンが戻ってきて、ルシアに声をかけた。彼は片眼をつむって、もう大丈夫ですという合図をしたあと、こちらですとルシアを船室に案内する。

「積んだ覚えのない爆薬が武器庫で見つかりました。この量が全て爆発していたら、船が沈没していたかもしれません。今から甲板で爆薬に水をかけるので、ご安心ください」

「よかった……！」

出港直後はやるべきことが多いので、爆薬を受け取った裏切り者も密《ひそ》かに動くことが難しかっただろう。おそらく、ぎりぎりのところだった。

「ルシア王女殿下。危ないところを救っていただき、本当にありがとうございました。感謝してもし切れません」

ルシアは、ギデオンからの改めての礼に微笑む。

「私たちは海賊という海を荒らす共通の敵へ立ち向かうために、協力していかなければならないわ。今日はその一歩になるはずよ」

チェルン＝ポート辺境伯を陥《おとしい》れるための作戦に巻き込まれただけという真実を、ギデオンに伝える必要はない。あくまでも海賊がこの軍艦を狙っただけという話にしておいた。

「よき航海になりますように」

「ありがとうございます。ルシア王女殿下に幸多からんことをお祈り申し上げます」

ルシアはギデオンにエスコートしてもらい、再び甲板に出る。

ギデオンは、軍艦グロリアーナに戻るルシアの見送りをするため、甲板にいる乗員たちへ号令をかけようとした。

しかしそのとき、どこからか叫び声が聞こえてくる。

「おい！　その松明《たいまつ》はなんだ⁉」

「どこに使うつもりだ⁉　やめろって！」

ルシアとギデオンがはっとして振《ふ》り向《む》けば、甲板に積まれた樽に向かって松明を放り投げた者がいた。

ルシアはそのとき、酒場から消えた樽の話をふと思い出す。

——あの樽には、おそらく禁輸品が入っていた。

フォルトナート王国で輸出を禁じられている品目は、穀物、武器、そして——火薬だ。

もしもあの樽に爆薬が入っていたのなら。

その一部が裏切り者の軍人によってこの軍艦にこっそり積まれ、武器庫と甲板に分けて置いてあったのだとしたら。

早々にどちらかの爆薬が見つかってしまっても、もう一つの方に火をつけられるようにしていたのなら。

「俺はこうするしかないんだ！」

男の叫び声は、ルシアの推測が真実であることを教えてくれる。

「王女殿下！」

ギデオンが警告してくれたけれど、一足遅かった。

まずは耳が痛くなるほどの大きな爆発音。

それから、全身を襲う衝撃《しょうげき》。

ルシアの背中が酷く痛んだ。爆風《ばくふう》に飛ばされて、船のへりにぶつかったのだ。

「……っ⁉」

足が浮いていたのか、ルシアの身体はそれなりの高さのあるへりを乗り越えようとしてしまう。

しかし、護衛騎士がとっさに手を伸《の》ばしてルシアの手首を掴んでくれた。

ルシアは海に落ちなくて済みそうだとほっとしたけれど、護衛騎士の表情に気づいて眼を見開く。

（あ……私は、……この人に殺される）

護衛騎士の顔が歪《ゆが》み、妙な形になっていた。

そして、護衛騎士に摑まれた手首は甲板方向へ引かれるのではなくて、海の方向へ押されてしまう。

他の人からは、護衛騎士がルシアを助けようとして失敗した光景に見えるだろうけれど、ルシア本人は突き落《つ お》とされたことを理解していた。

(私を脅迫していた犯人は、私を徹底的に調べたはず。私の護衛騎士は陛下に急いで選んでもらった人で、強い絆が育まれているわけではないことも知っていたでしょうね。だからこの護衛騎士は、金か脅迫に負けて私を裏切った)

王女に騎士がいないのはおかしいので、ルシアは帰国後に急いで騎士を用意してもらった。しかし、急ぐべきではなかったのだ。誰になにを言われても、キース伯爵家の者からじっくり選ぶべきだったのだろう。

(……もっと早く、この危険性に気づかないといけなかったのに)

犯人は何重にも罠を張っていた。

一つ目の罠は脅迫だ。ルシアに精神的な圧力をかけ、ルシアが自ら辺境伯を辞めるように仕向けた。

二つ目の罠は、街中での爆発事件へ意識を向けさせている間に、異国の軍艦で爆発事故を起こすことだ。これを外交問題に発展させ、ルシアが辺境伯を辞めなければならない状況にしようとしていた。

犯人は、二つ目の罠がルシアに見破られたときのこともきちんと考えてある。

ルシアに気づかれて軍艦に直接乗り込まれたら、それに合わせて爆薬へ火をつけることになっていた。そして、裏切り者の護衛騎士は事故に見せかけてルシアを海に突き落とし、ルシアは〝事故〟で亡くなることになっていたのだろう。

（落ちる……！）

ルシアはぎゅっと眼をつむり、すぐそこに迫っている衝撃に備えた。

軍艦グロリアーナに乗っていたフェリックスは、ルシアの帰りを甲板で待っていた。

フェリックスは、自分がヴァリエルに行くつもりでいたけれど、ルシアは「王女と未来の王配が共に危険な場所へ向かうのはよくない。それにアルジェント王国の軍艦なら、私を知っている者も多い。話をしっかり聞いてもらえる」と言って、フェリックスを置いていってしまったのだ。

（頼むから何事もなく戻ってきてくれ……！）

ルシアは勇ましくて強い。しかし、今だけはか弱い王女でいてほしかった。こんな風に祈りながら待つことしかできないのは、あまりにも情けなさすぎる。

「……護衛騎士からの合図です！」

ルシアは、ギデオンに爆薬を発見させることができたようだ。

あとはこちらに戻るだけだと誰もが安心したそのとき、突然ヴァリエルの甲板が騒《さわ》がしくなった。

「おい！　その松明はなんだ⁉」

「どこに使うつもりだ⁉　やめろって！」

乗組員同士が揉めていた。昼間なのに誰かが松明を持っている。そして、その松明は投げられ――……甲板に置いてあった樽の中に入った。

「危ない！」

フェリックスはとっさに叫んだ。

しかし、爆発と同時に警告しても意味はない。

甲板にいた者たちは突然の爆発に驚き、身構える間もなく爆風を浴びる。

そして、最悪の展開が訪れた。ルシアの身体がふわりと浮いて軍艦のへりを越えてしまったのだ。

「ルシア王女殿下！」

フェリックスは手を伸ばしたけれど、ここから届くはずがない。

その間に、ルシアは海に落ちる。どぼんという鈍い音を立てたあと、水飛沫《みずしぶき》が散った。

「くそ‼」

フェリックスは上着を脱《ぬ》ぎ捨《す》てる。

頭の中は動揺と怒りしかなかったけれど、身体は動いてくれた。

「フェリックス公子！」

誰かが引き止めようとしてきたけれど、その前にフェリックスはルシアを追いかけて海に飛び込む。

すぐに強い衝撃が訪れ、海に深く沈んだ。

ルシアを早く引き上げなければいけないフェリックスは必死に海面へ浮上し、はっと息を吸う。

(たしか、あの辺りに……!)

フェリックスは手と足を動かし、この辺りだろうというところまで泳ぎ……。

ルシアが落ちた場所は、ヴァリエルの近くだ。

「王女殿下⁉」

ヴァリエルの近くの海面が泡立《あわだ》つ。

フェリックスが焦ったそのとき、ルシアは海面から顔を出した。

「大丈夫ですか⁉」

意識はあるのだろうか。怪我はしていないだろうか。呼吸は止まっていないだろうか。

フェリックスは最悪の想像をしてしまったけれど、ルシアは咳《せ》き込《こ》みながら顔を拭《ぬぐ》ったあと、フェリックスを見て笑った。

「ああ、貴方も落ちたの？　私は大丈夫よ。泳げるから」

ルシアは眼を擦《こす》りながら泳ぎ、ゆっくりとフェリックスに近づいてくる。

「海水は眼が痛くなるわね。湖よりも泳ぎやすいけれど」

「…………」

フェリックスの身体から力が抜《ぬ》けた。落ちて意識を失ったルシアが水を飲んで沈んだのではないかという想像をしていたから、あっさり自力で浮上《ふじょう》して泳いでいることにとても驚いてしまったのだ。

「怪我はない？　大丈夫？」

ルシアは泳ぎながらフェリックスを気遣《きづか》う。

フェリックスはびしょ濡れの髪をかきあげ、苦笑《くしょう》した。

「それを言いたいのは俺の方です。貴女が海に落ちたから、助けようとして慌てて飛び込んで……」

しかし、ルシアにフェリックスの助けはいらなかった。

浮袋《うきぶくろ》を落としてやるとか、ロープを垂らすとか、筏を下ろすとか、そういう手伝いだけでよかったのだ。

王子さまぶって恥《は》ずかしいとフェリックスが思っていたら、ルシアは瞬《まばた》きをする。

「私を助けるために飛び降りたの……？」

ルシアは視線をグロリアーナの甲板に向けた。

フェリックスは苦笑しつつ、「そうです」と答える。

すると、ルシアは頬《ほお》にかかった髪を耳にかけながら、それはもう愛らしい笑顔を見せてくれた。

「貴方はやっぱり王子さまみたいね」

ルシアは満面の笑《え》みでフェリックスを褒めてくれたけれど、フェリックスはため息をつきたい気持ちになってしまう。

「俺が貴女の王子だったら、貴女が海へ落ちる前に助けられたはずです」

きっと爆発のときもルシアの隣《となり》に立っていて、落ちそうになったルシアの手首をしっかり摑み、離さなかったはずだ。

フェリックスはルシアを危険な目に遭わせたことを情けなく思ったけれど、ルシアは優しい表情でフェリックスを見ていた。

「私は助けようとしてくれたことがとても嬉しかったのよ。助けてくれたことが嬉しいわけではないの」

ルシアは、フェリックスの想いを喜んだのだと告げた。

フェリックスがその言葉に息を吞んだとき、グロリアーナの甲板から声をかけられる。

「王女殿下！　公子さま！　ロープに摑まってください！」

「わかった！」

そのあとすぐに、ヴァリエルから浮袋が投げ込まれた。

フェリックスとルシアは浮袋を使いながら共にグロリアーナへ向かい、垂らされたロープを摑む。

これで一安心だとフェリックスが息を吐《は》いたら、耳元にルシアの顔が寄せられた。

「……フェリックス。グロリアーナに戻ったら、護衛騎士の中にいる裏切り者を捕まえて」

助かったという顔をしているルシアは、その表情を変えないまま、とんでもないことを言い出す。

「犯人はとても頭がいいわ。でも、詰めが甘い。やれと言われたことを確実にできる人ばかりではないのよ」

どうやらルシアには『なにか』が見えているらしい。

フェリックスは、落ち込んでいる暇《ひま》はないと自分を叱り、表情を変えないまま小声で「わかりました」と答えた。

——夜、造船所の入り口の辺りで影《かげ》が動いた。

影はどこからか手に入れた造船所の鍵《かぎ》を鍵穴に挿し込む。

「……!?」

しかし、途中で硬《かた》い手応えを感じてしまった。

錆《さ》びて回しにくくなったのかもしれないけれど、ちょうど油を持ってきていたので、一度引《ひ》き抜き……。

「捕まえろ!!」

そのとき、周囲が一気に明るくなる。

影がはっとしたときには、頭に強い衝撃が与えられ、地面に倒《たお》れ込《こ》んでいた。

手足を押さえつけられているせいで、もがくことしかできない。

「油だ！　こいつ、船を燃やすつもりだったぞ！」

「縄を持ってこい！　絶対に全てを吐かせてやる！」

押さえつけられた影は、自分の計画が失敗したことに絶望する。

金に目が眩《くら》んだけれど、やはり危ないことはすべきではなかったと項垂《うなだ》れた。


カントリーハウスにいたルシアは、造船所に侵入しようとした者を捕《と》らえたという報告を受け、急いで海軍基地に向かった。

そこにはもう議長のエイモンや、ルシアの秘書メリックもいる。

「造船所を狙ってくることはわかっていたけれど、無事に阻止《そし》できて本当によかったわ」

ルシアは一通目の脅迫状を受け取ったあと、海軍と相談して造船所の警備を強化した。

脅迫状の差出人が建造中の船を狙うことは、簡単に想像できたからだ。

しかし軍人であっても、やれと言われたことをいつも確実にできるわけではない。

造船所の見張りの最中に、うっかり居眠りをしてしまうかもしれない。

侵入者を捕まえるときに抵抗《ていこう》され、逃げられてしまうかもしれない。

ルシアたちは『もしかしてはある』という前提で、できる限りのことをしておいた。

そのおかげで、どうやら今回は事前に犯行を阻止することができたらしい。

「造船所の現場《げんば》監督《かんとく》の腰にわざとらしく鍵を下げてもらったけれど、見事にひっかかってくれたわね」

「はい。今後も続けてもらおうと思います。鍵は定期的に取り替《とか》えます」

いつどこで鍵が狙われるのかわからないからこそ、ルシアたちは鍵を守ることを諦《あきら》め、鍵を盗ませてしまうことにした。

この盗ませる鍵と実際に開け閉めに使う鍵は、全くの別物である。

「犯人にとって、チェルン＝ポートの青空は眩《まぶ》しすぎたみたい。暗闇《くらやみ》で個別の交渉《こうしょう》ばかりをしてくれたおかげで、やっと証拠が集まってきたわ」

――船の乗組員に接触《せっしょく》し、金に困っていそうな者を選び、金を渡したり脅迫したりして、船上で爆薬に火をつけさせる。

――夜のうちに漆喰で塀に脅迫文を書く。

――街中に爆発物を投げ込む。

――チェルン＝ポート辺境伯の護衛騎士を味方に引き入れる。

――金のない者を探して、金を握らせ、造船所の船に火をつけさせる。

このうち、異国の船に爆発物を持ち込んだ乗組員と、ルシアを裏切った護衛騎士と、造船所に火をつけようとした男を捕まえることができたので、犯人に繋がる新たな情報を得ることができるかもしれない。

「辺境伯さまを海に突き落とした護衛騎士は、賭博でつくった借金を脅しの種に使われた。建造中の船に火をつけようとした男は、大金をちらつかされた……。脅迫状の差出人がこれだけ金を自由に使えるのなら、もしかすると街で働いていないかもしれませんね」

メリックは、犯人の資金力は凄いですねぇと呟く。

「……働く？」

ルシアはメリックの言葉の中に気になるところがあった。

思わず聞き返せば、メリックは恥ずかしいと言わんばかりに頬をかく。

「ええっと、僕がどこかの街に長期滞在するなら、まずは職と安い部屋を見つけます。これってお金のない人の発想ですよね」

ルシアには、チェルン＝ポートで働きながら滞在するという考えがなかった。

自分が犯人だったら、家や部屋を借りることはあっても、たしかに働かないだろう。

「エルウッド将軍、酒場に出入りしている者のうち、最近移り住んできたのに働いていない者を探し出して」

「承知致しました」

メリックのおかげで、犯人に繋がる大きな手がかりを得たかもしれない。

ルシアはこのとき、己の強みをようやく理解することができた。

(私は平凡な辺境伯にしかなれないけれど、味方を作ることはできる。味方の力を借りれば、自分だけではできないこともできるようになる)

ルシアを脅迫していた人物の頭脳は恐ろしいほど優秀だけれど、一回につき一人の人間しか動かさないという癖がある。

ならばこちらは、多くの味方を同時に動かして対抗しよう。

ルシアはソファから立ち上がり、覚悟を決めた。

「将軍、これからもチェルン＝ポート辺境伯への嫌がらせはあるかもしれない。次はもっと過激な方法を選んでくる可能性も考えておいて」

「チェルン＝ポートを守るのは我々の使命です。お任せください」

レオニダスはルシアに敬礼し、覚悟を見せる。

「私たちも同じ想いです。チェルン＝ポートの未来を共に守っていきましょう!」

エイモンもまた力強く頷いてくれた。

「ありがとう。それから、一つ考えていることがあって……」

ルシアはレオニダスとエイモンに、とある計画を話す。

二人とも、それはいい案ですねと言ってくれた。

ルシアはカントリーハウスに戻ったあと、留守番をしてくれていたフェリックスに声をかけた。

「今日はありがとう。貴方がいてくれて助かったわ」

「礼を言われるほどの活躍ができたかどうかは怪しいですね」

フェリックスはそんなことを言いながら、ウィルとテディを撫でた。

二匹は気持ちよさそうにうとうとしている。ルシアは、ふわふわのお腹《なか》が上下するところを見ているだけで幸せな気持ちになれた。

(ウィルとテディもお疲れさま。一日、頑張ってくれたわね)

爆発物を見つけるという仕事に、二匹は全力で取り組んでくれた。

ウィルとテディがいなかったら、ヴァリエル以外でも爆発事故が起きていただろう。

「フェリックス、陛下への手紙を託《たく》してもいいかしら。今日のチェルン＝ポートでの爆発事件や護衛騎士の裏切りについての報告と、陛下にお願いしたいことがあるの」

「お任せください。今日のことは父にもしっかり話しておきます」

「ええ、頼んだわ」

国王エドワードはきっと、妹たちにただ競《きそ》い合《あ》ってほしかっただけのはずだ。足の引っ張り合いをさせたかったわけではない。

エドワードがオリヴィアとイザベラにどういう言葉をかけたのかは知らないけれど、チェルン＝ポートを巻き込まないようにしてもらう必要はある。

「……人の心は難しいわね」

ルシアはため息をつく。

するとフェリックスは、ルシアの気持ちに寄り添ってくれた。

「そうですね。理解し合うことは、仲がよくても難しいです」

「ええ、その通りよ。話し合いをどれだけしても、相手に自分の気持ちや考えが通じるわけではない。だから私はもっと——……そうね。伝わるように努力すべきかもしれない」

ルシアは、王都がある方角に視線を向ける。

これまでずっと、決められたことに従い、それを前向きに捉えていけばいいと思っていた。きっと周りもそれを望んでいただろう。

「ねぇ、フェリックス。私はいつだって与えられた役割を果たそうとしてきたし、結果もそれなりに出してきた気がするわ」

「はい。ルシア王女殿下は与えられた役を完璧《かんぺき》に演じていました」

自信満々に言い切ってくれたフェリックスに、ルシアはつい笑ってしまう。

「チェルン＝ポート辺境伯も与えられたものだった。辺境伯としてやりたいことも、アレクの遺志を継《つ》いだような形だった。でも……」

一生、こういう日々が続くと思っていた。けれども、もしかすると自分の勇気次第でなにかが変わっていくのかもしれないという気持ちが生まれている。

「このままでは駄目だということはわかるの。でも、私は与えられたことをしてきただけの人間だから、自分のやりたいことが見えてこない」

ルシアは、貴女はこれからなにをしたいの？　と問われたら、答えられない人間だ。

与えられた役割への気持ちを言葉にすることが、今の精一杯《せいいっぱい》だった。

「王女殿下、それでいいんです。少年少女なら親に反抗したくなる時期があって、ほとんどの人は『なんとなく嫌だ』という理由で反抗しているんですよ」

「……そういうものなの？」

「はい。俺もそうでした」

「なんとなく……」

その程度でもいいのなら、ルシアはしたいことを少しだけ具体的にできるかもしれない。

「私の未来を……勝手に決めないでほしいわ」

「わかります。俺もそう思ったときがありました」

フェリックスに同意され、ルシアは嬉しくなる。

「それに、勝手に私を……」

ルシアはそこで言葉を止めた。

――本当は、心の奥底でずっと「どうして？」と思っていたのかもしれない。

納得しているけれど、そうであるべきだと思っているけれど、それでも『なんとなく嫌だ』という気持ちはあったのだろう。

（そうよ。私にだって妹たちと同じ未来があってもいいはず）

決められたことになんとなくで反抗してもいいとわかった今、これからどうしたいのかがはっきりしてきた。

「フェリックス、ありがとう。私は悪いことをしたくなってきたみたい」

「いいですね。若いうちに悪いことをすべきです。若いからで許されますから」

「悪いことをしたことがあるの？　……ふふ、先輩《せんぱい》がいると心強いわね」

ルシアは親に反抗しようとしているけれど、それはうしろ向きなものではなくて、前向きなものだ。

こんな気持ちになれたのは、素敵な人たちに出会えて、沢山《たくさん》の優しさに触《ふ》れて、家族以外の大事なものができたからだろう。

家族に愛されなくても、愛してくれる人はいる。そして、自分も自分を愛したい。

「私はとても悪いことをしたい。私にもできるかしら？」

ルシアの問いかけに、フェリックスは笑顔で答えてくれた。

「できますよ。貴女は素晴らしい脚本《きゃくほん》を書くことも、最高の舞台《ぶたい》にするための演出をすることも、女優としてやりたい役を演じることも完璧にできます」

ルシアはくすくすと笑ってしまう。そこまで褒めなくてもいいのよ、とフェリックスの肩《かた》を軽く叩いてやった。

「初めての反抗は最高の舞台でやってみるわ。宰相にも協力してほしいから、説得を頼むわね」

「わかりました。ご協力します」

「貴方も舞台に立ってもらうわよ。当日は私に相応《ふさわ》しい最高の悪い男でいてちょうだい」

「……なるほど。貴女の隣に立つ人は、最高の悪い男でないとたしかに務まりませんね」

　ルシアとフェリックスは二人で笑い合い、これからのことを相談する。

　実は、ルシアはどきどきわくわくしていた。親の意思決定に逆らおうとするのは初めてのことなので、本当にこれでいいのだろうかというどきどきする気持ちと、できるのならやってしまえというわくわくする気持ちの両方があったのだ。

（大丈夫。きっと私ならできる）

　ルシアは、チェルン＝ポート辺境伯として海を守りながら港を整備していくのは、自分にしかできないことだと思っていた。

　きっとそれと同じだ。自分がやりたいと思った新しい役割は、自分にしかできないことだろう。

終章

フォルトナート王国の王宮に、異国の賓客《ひんきゃく》が招かれた。

客人の名は、アルジェント王国の海軍将軍ギデオン・ドレイクスバーグ。

少し前、チェルン＝ポート議会は、ギデオンの乗る軍艦が海に落ちたフォルトナート王国の第一王女の救助に貢献したことを讃《たた》え、ギデオンに勲章《くんしょう》を贈《おく》っていた。

その話は王都にも届き、国王エドワードは愛娘《まなむすめ》を助けてくれたギデオンに深く感謝し、改めて国王からも勲章を授与《じゅよ》しようという話になったのだ。

（勲章は便利だわ。爵位《しゃくい》やお金を与《あた》えなくても、相手を満足させることができる）

ルシアは、勲章を授与されるギデオンのエスコート役を与えられた。

今日のルシアは、上品な白のドレスに白の手袋《てぶくろ》、王女であることを表すティアラ、大綬《だいじゅ》の佩用《はいよう》といった正装を見事に着こなし、ギデオンと共に歩く。

「これより、叙勲《じょくん》を行う」

宰相《さいしょう》が叙勲式《じょくんしき》の開始を告げた。

ルシアは、国王エドワードの傍《そば》で優雅《ゆうが》に微笑《ほほえ》む。

「勇敢《ゆうかん》なる海軍将軍ギデオン・ドレイクスバーグ。汝《なんじ》の名は、フォルトナート王国の歴史に刻まれ、燦然《さんぜん》と輝《かがや》くであろう。我が国の王女を守《まも》り抜《ぬ》いた汝の英知と勇気を讃え、ロイヤル・マリナー勲章を贈る。アルジェント王国と我が国を航海する友好の船とならんことを期待している」

侍従長《じじゅうちょう》が前に出てきて、大綬を恭《うやうや》しく掲《かか》げ、膝《ひざ》をついているギデオンの肩《かた》にかける。

大綬を受け取ったギデオンは立ち上がり、感謝の言葉を述べた。

「国王陛下、身に余る光栄を賜《たまわ》り、感激の極《きわ》みでございます。ロイヤル・マリナー勲章を受章できたのは、我がアルジェント王国の海軍兵士の訓練の賜物《たまもの》でございます。これからも我がアルジェント王国とフォルトナート王国の海を守護するために尽力《じんりょく》し、国王陛下のご期待に応えるべく一層励《はげ》む所存でございます」

音楽隊が勇ましい音楽を奏《かな》で、勲章の授与を祝う。

ルシアは真っ先に拍手《はくしゅ》を送った。

ギデオンもまた、ルシアへ視線を送ってくれる。

(夜になれば、ドレイクスバーグ将軍を主役とする舞踏会《ぶとうかい》が開かれる。アルジェント国に留学していた私がアルジェント国の海軍将軍のおもてなし役になるのは、とても自然なことだわ。妹たちも今回だけは流石《さすが》に文句が言えないでしょうね)

叙勲式からずっと、ルシアは王女の中で一番注目を浴びていた。

それに加えて、主役であるギデオンが何度もルシアの辺境伯《へんきょうはく》としての手腕《しゅわん》を褒《ほ》め称《たた》えてくれたので、ルシアを見る貴族たちの眼が少しずつ変わってきている。

「第一王女殿下は、チェルン＝ポート辺境伯の任をしっかり務めているらしい」

「ルシア王女殿下《でんか》が海賊《かいぞく》対策に乗り出したあと、海賊が激減したそうだ」

「船を造っているんだって？　チェルン＝ポートの軍事力が増したら、それだけ港が栄える。これは商機だぞ」

今のところ、ルシアに話しかけてくるのは、チェルン＝ポートで儲けようとする貴族ばかりである。

それ以外の者は、ルシアのことを運がいい王女だと思って終わりにした。

「ルシアお姉さま！　今夜のドレスはどうするの？」

叙勲式を終えたルシアが湖の間《ま》で休んでいたら、第四王女エヴァンジェリンが遊びにきて、ドレスの話を始める。

エヴァンジェリンは、ルシアの今夜の装《よそお》いを好奇心《こうきしん》からただ聞いただけだけれど、エヴァンジェリンの周りにいる人たちにとってはとても大事な問題だった。

「そうね……。主役であるドレイクスバーグ将軍に合わせようかしら」

「まだ決まっていないの？　私は紺色《こんいろ》に決めたわ。いっぱいビーズがついていて、星空みたいに見えるドレスよ。うしろは白のレースを沢山重ねたからとても可愛《かわい》いの」

エヴァンジェリンは、髪飾《かみかざ》りの話や、最近流行《はや》っているリボンの形をルシアに教えてくれる。そして、着たら見せにくるという約束をしたあと、部屋を出ていった。

「辺境伯さまはどうなさいますか？」

セリーヌは、そろそろドレス選びをしましょうと衣装箱《いしょうばこ》を開ける。

舞踏会用のドレスは三着持ってきた。そのうちの一着は万が一に備えて、フェリックスの姉に預けている。ルシアの敵は多いから、できるだけ用心した方がいい。

「そうね。オリヴィアとイザベラに似合わないものにするわ」

柔《やわ》らかい色を選べば被《かぶ》らないけれど、今回は自分の役が変わったことを皆《みな》へ宣言する場にするつもりだった。

ルシアは、華《はな》やかな赤色と黒のレース、そしてスカートの形は大輪の薔薇《ばら》の花びらに見えるようなドレスを選ぶ。

これはイザベラには似合わない赤色で、オリヴィアには似合わない形だ。

アクセサリーは、いつもなら小さめで上品なものを選ぶけれど、今夜は大きな宝石をつけたものを合わせることにする。

「素敵《すてき》です！」

ルシアが真っ赤なドレスを身につければ、セリーヌは大喜びしてくれた。

「チェルン＝ポートでは皆さまに合わせた大人しめのドレスにしていましたからね！　でも辺境伯さまはお美しいので、時々はこうやって遠慮《えんりょ》なく着飾《きかざ》ってほしいです！」

イヤリングも大きな宝石にしましょうとセリーヌは言い、ルシアを更《さら》に輝かせてくれた。

「お茶と軽食を用意しますので、舞踏会までゆっくりしてください」

セリーヌは呼び鈴《よびりん》を手に取り、女官を呼ぼうとする。

しかし、ルシアは椅子《いす》から立ち上がった。

「今から一つだけ用事を済ませてくるから、お茶の準備はゆっくりで大丈夫よ。貴女《あなた》はここで待っていてちょうだい」

「わかりました」

侍女《じじょ》であればどこにでもついていくものだけれど、主人の命令は絶対だ。

セリーヌは、ルシアの帰りがあまりにも遅《おそ》かったら迎《むか》えに行くことにする。

「そんな顔をしなくても大丈夫《だいじょうぶ》よ。妹に声をかけにいくだけだから」

ルシアはセリーヌに微笑んだあと、部屋を出た。護衛騎士《きし》は流石に置いていくことができないので、ついてくることを許す。

ルシアはアンナベルの部屋で立ち止まり、ここで待機していてと護衛騎士に頼《たの》んだ。

「アンナベルの具合はどう？」

部屋の中に声をかければ、アンナベルの侍女が出てきた。

そして、お決まりの言葉を発する。

「アンナベル王女殿下は、ご気分が優れないようです」

――病弱で部屋からあまり出てこない妹。気にかけてあげないといけない。

ルシアにとってのアンナベルは、そういう存在だった。

（でも、それだけでは駄目《だめ》なのかもしれない）

ルシアにとっての役割は、いつだって誰《だれ》かに与えられたものだった。

王位継承権争《けいしょうけん》いから外された気の毒な王女という役割も、他の国の王妃《おうひ》になるという役割も、チェルン＝ポート辺境伯という役割も、自分の意思で得たものではない。

だからいつだって受け身でいることが当たり前になっていた。好意や善意をもらったら返そうとするけれど、自分から歩み寄るという経験がほとんどないのだ。

「寝室《しんしつ》の前まで行くわ」

「えっ⁉ でも、その……」

「気になるなら私の傍にいなさい。寝室に入る気はないから」

ルシアは止めようとする侍女を気にすることなく進み、寝室のドアの前に立つ。

「アンナベル。ルシアよ」

声だけでは姉だとわからないだろうから、ルシアは先に名乗った。

「勲章《くんしょう》授与式へ参加するために、王宮に少しだけ戻《もど》ってきたの。今夜は舞踏会が開かれるけれど、貴女は体調不良で欠席するらしいわね。具合はどう？」

ルシアは、アンナベルの体調不良が嘘《うそ》だということに気づいていた。

本当に具合が悪いのであれば、看病のためのものがこの部屋の中に運び込まれているはずだ。アレクサンドルの看病をよくしていたルシアには、そのことがわかってしまう。

「……アンナベル、貴女は可哀想《かわいそう》だわ」

ルシアは寝室に閉《と》じこもったままのアンナベルに、今の気持ちを正直に伝える。

「皆の都合に振《ふ》り回《まわ》されて、愛されたり、愛されなかったり、辛《つら》い想《おも》いをしている。それはあまりにも可哀想よ」

そう、妹は可哀想だ。

……いや、妹たちは可哀想だ。

「オリヴィアも、イザベラも、エヴァンジェリンも可哀想。オリヴィアは、王女なのに王子のような教育を受けてきた。そこにあの子の意思はあったのかしら……。イザベラも、シモンが亡くなったあとに女王候補としての教育を急に受けることになった。あの子は、本が好きな普通の女の子だったのかもしれないのに。エヴァンジェリンは、自分の気持ちと他人からの評価の違いに悩んでいる」

ルシアはいつだって自分のことばかりを考えていた。自分が可哀想だと思っていた。

けれども、妹たちだってそれぞれ違うことに苦しんでいるはずだ。

「……貴女たちは可哀想」

ルシアには、フェリックスという寄《よ》り添《そ》ってくれる人がいた。

しかし、アンナベルたちにはいなかったかもしれない。

(この子たちには、可哀想だと言ってくれる人が必要よ)

そうしないと、自分で自分を可哀想だと言ってあげなければならない。しかし、自分で自分を慰《なぐさ》めてもどこかが苦しくなるのだ。自分がそうだったからわかってしまう。

「貴女の心が少しでも癒《い》えてほしい。貴女にどうしてあげたらいいのかは、どうしても手《て》探《さぐ》りになってしまうけれど……」

ルシアとアンナベルは会話をしたことがない。今更《いまさら》、ルシアに姉の顔をされたら、アンナベルが不快に思うことだってあるだろう。それでも、可哀想だと口にして心配している人がいることをまずは知ってほしい。

「またくるわね」

ルシアはそれだけ言うと、ゆっくりドアから離れた。

「かわいそう……？」

ベッドのシーツにくるまっていたアンナベルは、ドアの向こうから聞こえてきた姉の声に動揺《どうよう》していた。

今までアンナベルにかけられてきた声は、心配ごっこでしかない言葉と、引きこもっていることを非難する言葉と、表に出てこないことを馬鹿にする言葉ばかりだったのだ。

「わたしが、可哀想……？」

可哀想だと言ってくれる優《やさ》しい人は、今までいなかった。

だからアンナベルは、自分のことを可哀想だと思っていたのだ。

父も母も姉たちもルシアもなにもかもを滅茶苦茶《めちゃくちゃ》にしてやりたかったし、だからイザベラにチェルン＝ポートを貶《おとし》めるための計画を授《さず》けた。

「……わたしは今、優しく、された？」

異国から帰ってきた姉は優しい。可哀想だと言ってくれる。

「わたし、は……」

アンナベルは寝室に置いてある鏡台を見た。

鏡の中の自分に、いつものように語りかける。

「わたしは可哀想……よね……？」

しかし、鏡の中のアンナベルは答えない。

アンナベルは顔色を変え、手のひらで鏡を叩《たた》く。

「ねぇ！　答えて！　わたしは可哀想よね⁉　お願い、可哀想だと言って！」

今更、可哀想ではなかったなんてこと、あってはならない。

——自分は可哀想だ。そしてみんなは酷《ひど》い。

そうでなければならないのに、姉のルシアが勝手なことをしてくる。

「やめて！」

アンナベルはルシアに叫《さけ》んだ。

自分を可哀想なままにしてほしいと、涙《なみだ》を零《こぼ》した。


ルシアは舞踏会の主役であるギデオン・ドレイクスバーグを迎えに行き、腕《うで》を組んで舞踏会の間に行った。

舞踏会というものは、デビュタントを迎えた若者たちから入場することになっている。しかし、今夜の舞踏会は勲章を授与されたギデオンのためのものなので、デビュタントの入場行進は行われなかった。

——代わりに、勇ましいファンファーレが鳴《な》り響《ひび》く。

これは本日の主役が登場したことを告げる音だ。

ルシアはギデオンと共に赤い絨毯《じゅうたん》の上を優雅に歩き、国王に最も近い場所まで連れていった。

主宰《しゅさい》である国王エドワードの挨拶《あいさつ》が終われば、いよいよ舞踏会の始まりが告げられる。

「今宵《こよい》は存分に楽しんでくれ！」

音楽隊はエドワードの合図と共に、華やかなワルツを奏で出した。

一曲目は、主役のギデオンとそのパートナーのためだけのワルツである。

ダンスホールの中央で、主役とワルツを踊《おど》りながら赤いドレスという大輪の薔薇を咲《さ》かせるルシアに、誰もが見惚《みと》れてしまった。

ごく一部、憎々《にくにく》しいという顔を見せる者もいたけれど、主役のワルツに文句をつければ主宰である国王へ恥《はじ》をかかせることになる。

オリヴィアとその母、イザベラとその母は、この悪夢のような時間にただ耐《た》えるしかなかった。

一曲目が終わったあと、ギデオンはルシアにお辞儀をし、皆に聞こえる声でルシアのダンスを褒め称える。

「ルシア王女殿下、素晴《すば》らしいワルツをありがとうございました」

「こちらこそ、英雄《えいゆう》とのワルツという楽しいひとときをありがとう」

それでは、と微笑み合えば次の曲が始まる。

しかしその前に、ギデオンがわざとらしく声を張り上げた。

「このような素晴らしい王太女殿下がいらっしゃるのなら、フォルトナート王国の未来は明るいですな！」

エドワードの子は五人。全て女性だ。ルシアは長女のため、普通《ふつう》に考えたら次期女王はルシアになる。

アルジェント王国の将軍であれば、フォルトナート王国の事情を深く知らなくても当然なので、このような発言をしても不思議ではなかった。

——ドレイクスバーグ将軍は、我が国の王位継承権争いのことをご存じないようだ。陛下はどのように返すのだろうか。

——微笑んで終わりにしてしまうのでは？　知らないというのは恐ろしいな。

——主役に恥をかかせるわけにもいかないだろうし……。

ギデオンの問題発言のあと、誰もが隣《となり》の人とひそひそ話す。

皆の視線を集めることになったエドワードは、この場を収めるために、ルシアには触《ふ》れずにこの国の未来について褒められたという話へ持っていくことにした。

けれどもルシアは、エドワードの考えをわかっていながらも、王太女の話を勝手に続ける。

「ドレイクスバーグ将軍。私には次期女王になるという未来はありません」

ルシアがこの場にいる者たちへ聞かせるように、にっこり笑いながら告げた。

「おやおや、これは失礼致《いた》しました。ルシア王女殿下が次の女王だとばかり……」

「そう思っていただけて嬉しいですわ。……ですが、それもつい先ほどまでのことです。この先は違《ちが》います」

ルシアは、大階段の上にいるエドワードと向き合う。

そして自分の胸に手を当て、艶《あで》やかな微笑みを浮《う》かべた。

「陛下。かつて貴方《あなた》は幼かった私に、『王になり、重い荷を背負う覚悟《かくご》はあるか』と問いかけました。私はそのとき、なにも答えられませんでした」

ルシアはふうと息を吐《は》く。

皆の注目を自分に集め、耳を傾《かたむ》けさせるための間《ま》を作ることは、とても重要だ。

「その後、私はアルジェント王国へ留学することになりました。大事な質問に答えられなかった私を王位継承権争いから外すという陛下のご判断は、正しかったと思います」

ルシアにそんな過去は一つもない。これは全て作り話だ。

「陛下は、私がアルジェント王国から帰ってきたときも同じ質問をしましたね。『王になり、重い荷を背負う覚悟はあるか』と」

勿論《もちろん》これも嘘である。

しかし、聞いている人にとって真実になればいい。

「婚約者《こんやくしゃ》を亡《な》くしたばかりの私は、悲しむことに精一杯《せいいっぱい》で、またなにも答えられませんでした。陛下は覚悟のない私に、王位を託《たく》すことはできないと判断しました。その判断はなに一つ間違《まちが》っていません。国を背負うということには、それだけの重みがあるからです」

ルシアは、国王による『第一王女を王位継承権争いから外す』という判断を正しいと言い切った。

言い切られたからこそ、エドワードは反論できない。

「私はチェルン＝ポート辺境伯の任を与えられ、青い空と青い海が見える美しい土地で、心を少しずつ癒《い》やしました。婚約者を失った私は、これからどうすべきかを考えました」

ルシアは高らかに凱旋《がいせん》のファンファーレを鳴らす。

「──陛下、今の私なら言えます。『王になり、重い荷を背負う覚悟はある』と！」

エドワードは眼《め》を見開いてしまった。

王位継承権争いに関わる気はないことをずっと示してきたルシアが、皆の前で王になる覚悟があることを宣言したのだ。

エドワードは、この場をどう収めるべきか迷ってしまう。

「愚《おろ》かなことを言うな」と叱《しか》ることはできる。けれども、チェルン＝ポート辺境伯として功績を上げ始めているルシアならばという思いもたしかにある。

——だが、ルシアの思い通りにしてもいいのだろうか。

ルシアを女王にしないというのは、しっかり考えた上での結論だ。雰囲気《ふんいき》に流されて、簡単に撤回《てっかい》すべきではない。

「素晴らしい！」

静まり返った舞踏会の間に、ギデオンの声と拍手が響いた。

「王になる覚悟というのはとても重たいものです。ですがルシア王女殿下ならば、その重さに耐え、国をよき未来に導けるでしょう」

アルジェント王国の海軍将軍であるギデオンは、アルジェント王国の王家と深い交流をしていたルシアが王になれば、アルジェント王国とフォルトナート王国との友好関係が続くだろうと判断しただけだ。

しかし、この場でそこまでのことを考え、ギデオンに「フォルトナート王国のことに口を出すな」ととっさに言える者はいなかった。

それどころか逆に、賛同の拍手が別のところから送られる。

「……フェリックス公子⁉」

未来の王配であるフェリックスは、ルシアの覚悟を讃える拍手をしていた。

「陛下のご期待に応える覚悟ができたこと、心よりお喜び申し上げます」

どの王女に対しても平等に接しているフェリックスは、ルシアも平等に扱《あつか》うことを皆の前で宣言した。

そのとき、ようやく悲鳴のような声が上がる。

「陛下！　このような世迷言《よまいごと》を聞いてはなりません！　ルシア王女は次の女王にしないと決めたではありませんか！」

第二王妃ベアトリスの叫びに、王妃フィオナも慌てて同意した。

「一度決めたことを覆《くつがえ》せば、国が混乱します。陛下、どうかご決断を」

ルシアの予想通り、王妃たちはルシアを王位継承権争いから完全に外そうとしてきた。

ここで引くつもりのないルシアは、自分を王位継承権争いへ関わらせたときに得られる利益を述べる。

「陛下、私はチェルン＝ポート辺境伯としてこの国の海を守り、この国の発展に力を尽《つ》くしていきます。私が次代の女王に相応《ふさわ》しいかどうかは、これからの私の功績にて判断してくださることを信じております」

国王は、王女たちに足の引っ張り合いをしてほしいのではない。

競《きそ》い合《あ》うことで、己《おのれ》をより高め、国に貢献《こうけん》するという意識を高めてほしかったのだ。

ルシアはエドワードの意図をしっかり読み取り、その通りにすることを伝えた。

（さぁ、答えて。お父さまはどちらを選ぶの？）

ルシアは勝利を確信している笑《え》みをエドワードに向ける。

エドワードは、いつだって王として正しい判断ができる立派な人だ。だからルシアは、エドワードの次の行動が読めてしまう。

皆が見守る中、ついにエドワードは口を開いた。

「ルシア」

「はい」

ルシアはエドワードと眼を合わせる。

——愛せる距離《きょり》があるとしたら、私とお父さまはこのぐらいなのかもしれない。

一方的に利用されるだけならば、遠く離《はな》れた地にいたい。

しかし、互いに利用し合う関係ならば、近くにいてもいいと思える。

（私を存分に利用して。私も貴方を利用するから）

ルシアは女王になりたいわけではない。国の未来を考えずにただルシアを貶めようとする王女たちへ、警告をしたかったのだ。

チェルン＝ポートを攻撃《こうげき》しても、次期女王になれない。己をもっと磨《みが》きなさい、と。

「お前の覚悟はよくわかった。熟考の末の結論を喜ばしく思う。これからも国に尽くし、成果を見せなさい」

ついにエドワードは、王位継承権争いにルシアを加えた。

舞踏会の間で、歓声《かんせい》とざわめきが混ざり合う。

——これは大変なことになったぞ！

——次期女王は功績によって決めることにしたのか。

——ルシア王女殿下が一歩先に進んだみたいだな。

周りが盛り上がる中、エドワードとルシアだけはずっと冷静だった。

今のところ、ルシアを本気で次の女王にしたいのなら、大きな問題をいくつも乗《の》り越《こ》えなければならない。

ルシアはアルジェント王国に長く留学していて、国内のことに詳《くわ》しくなく、人脈に乏《とぼ》しい。後《うし》ろ盾《だて》はキース伯爵家《はくしゃくけ》なので、金はあっても、国政に大きな影響力《えいきょうりょく》を持っていないのだ。

——だとしても、ルシアの野心は利用できる。

エドワードはそう判断した。

ルシアには、他の王女のための大きな壁《かべ》になってもらう。野心を持つルシアを利用し尽くしてから、別の王女に王位を渡《わた》すこともできるのだ。

(……というようなことを、陛下は考えているでしょうね。まぁ、私も女王になりたいわけではないし)

ルシアはチェルン＝ポート辺境伯として海を守り、港を発展させていきたい。

これはそのための『なんとなくの反抗《はんこう》』だ。

（私はこの『王位継承権争いでいいところまでは行くけれど、最後は実力で負ける』という新しい役も完璧《かんぺき》に演じてみせるわ）

ルシアは壁の花になっている第二王女オリヴィアと、第三王女イザベラを見る。

そして、可憐《かれん》な微笑みを向けてやった。

——そうよ。私は貴女たちにとって、倒《たお》すべき〝悪女〟なの。私よりも功績を立て、皆に認められ、その上で女王になりなさい。

新しい役も悪くないとルシアは胸を張る。

そして、悪女らしく妹たちを煽《あお》ることにした。

「フェリックス、ワルツの相手を頼めるかしら」

未来の王配フェリックスのワルツの最初の相手になるというのは、重い意味を持つ。

だからこそ、フェリックスのワルツの最初の相手は、オリヴィア、イザベラ、エヴァンジェリンの順でずっと回っていた。

そして今日、その順番にルシアが割って入る。

「ルシア王女殿下のお相手に選ばれて光栄です」

フェリックスもまた、第一王女ルシアが王位継承権争いへ正式に加わったことを認めた。

ルシアの前で一礼し、手を差《さ》し伸《の》べる。

「——音楽を」

ルシアは次の曲を音楽隊に求めた。

指揮者が慌《あわ》てて手を上げれば、優雅な音が奏でられる。

ルシアはフェリックスの手を取り、ステップを踏《ふ》む。この場にいる皆の視線を浴びながら、見事なワルツを見せた。

「私の初めての反抗はどうだったかしら？　悪役もなかなかだったでしょう？」

「お見事でした。でもまぁ、悪役というのは……」

「あら、嫌味《いやみ》な感じが足りなかったかしら。私の演技もまだまだね。もっと頑張《がんば》るわ」

フェリックスは苦笑《くしょう》し、心の中で「悪役ではなくて正義の王女にしか見えませんでしたよ」と呟《つぶや》く。

——婚約者を亡くした第一王女が帰還《きかん》した。悲しみに暮れながらも辺境伯として見事な采配《さいはい》を見せて、海を守る女神《めがみ》になろうとしている。

ルシアが妹と足の引っ張り合いをするのではなく、国に貢献する形で王位継承権を争うという姿勢を見せたことで、ほっとできた者は多いだろう。

フェリックスはこの場にいる者たちへ、どうかこの方の味方になってくれと祈《いの》った。

「……ルシア王女殿下は、どれだけ功績を残しても女王になることはないとおっしゃっていましたよね？」

「ええ、そうよ。私は陛下に利用されて終わるわ」

ルシアは左手を離し、軽《かろ》やかにターンし、またフェリックスの肩に手を添える。

「ですが、もしも本当に次期女王として指名されたらどうするんですか？」

「そうね……」

ルシアは人のいない方向へ足先を向けた。

フェリックスと息を合わせ、周りの人たちにぶつからないところへ移動する。

「そのときは、新しい役である女王を精一杯演じるだけよ」

もしも女王に指名されることがあるのなら、そのときのルシアはそれだけ成長しているということだ。

成長した自分なら上手《うま》くやれるだろうと信じるしかない。

「……その場合、俺と結婚《けっこん》するんですよ。いいんですか？」

曲が終わった。ルシアはフェリックスの手を離し、一礼する。

「王族の結婚とはそういうものでしょう？」

心が伴《ともな》う結婚なんてあり得ない。

国のための結婚というものは、双方《そうほう》がどれだけ前向きになれるかどうかだ。

ルシアは実際に王族同士の婚約を経験していたので、当たり前の顔で答えた。そして、妹にフェリックスを譲《ゆず》るため、フェリックスからさっと離れる。

「……フェリックス公子さま」

なんとも言えない表情になっているフェリックスへ、ルシアの侍女セリーヌがそっと話しかけてきた。

「私は応援《おうえん》していますから！　頑張ってください！」

セリーヌにとっては、フェリックスの気持ちはとてもわかりやすい。

しかしセリーヌの主人は、十七歳にして婚約も婚約者との別れも経験済みになっていたため、結婚に夢を全く抱いておらず、フェリックスの淡い期待と心配を察することができなかった。

「あ～うん、ありがとう。最高の悪い男になれるよう努力するよ」

フェリックスは気持ちを切り替《きか》え、酷い顔をしているルシアの妹姫たちのところへ向かう。

妹を脅《おびや》かす悪い姉を演じるルシアに負けないよう、未来の王配として完璧な笑顔《えがお》を貼《は》り付《つ》け、恭しく手を差し出した。

終

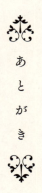

あとがき

こんにちは、石田《いしだ》リンネです。

この度《たび》は『第一王女ルシアの帰還《きかん》と華麗《かれい》なる快進撃《マーチ》　海の守護騎士《チェルン＝ポート》との出逢《であ》い』をお手に取っていただき、本当にありがとうございます。

このお話は、国王と側室の子である第一王女ルシアが、婚約《こんやく》者である異国の王太子を亡《な》くして帰国するところから始まります。

ルシアの役割は『未来の王妃《おうひ》』から『妹たちに苦労する長女（王位継承《けいしょう》権はない）』に変わり、王位継承権争いに巻き込まれてついには王宮から出ていくことになりますが、それでも新天地で前向きに生きていく姿を書きました。

ルシアを支えてくれる公爵《こうしゃく》子息フェリックスとの関係も作中でゆっくり深まっていきますので、そこも楽しんでいただけると嬉《うれ》しいです。

今回、福島県のブリティッシュヒルズへ取材に行き、マナーハウスの見学ツアーに参加したり、薔薇《ばら》を楽しんだり、英国料理を味わってきました。

取材優先で動いていたので慌《あわ》ただしい旅になってしまいましたが、ルシアたちの暮らしを目や肌《はだ》で感じることができて本当によかったです。

次は雪が降っているときに行って、幻想《げんそう》的な光景をゆっくり眺《なが》めたいという野望が生まれました。


最後にこの作品を刊行するにあたってお世話になった方々にお礼を申し上げます。

ご指導くださった担当様、ルシアの気高く可憐《かれん》な姿&格好いいフェリックスを描《えが》いてくださった壱子《いちこ》みるく亭《てい》先生（素敵《すてき》すぎてどのイラストも一番好きです!）、当作品に関わってくださった多くの皆様《みなさま》、楽しみですとおっしゃってくださった方々、本当にありがとうございます。これからもよろしくお願いします。


最後に、この本を読んでくださった皆様へ。

読み終えたときに少しでも面白《おもしろ》かったと思えるような物語であることを祈《いの》っております。

またお会いできたら嬉しいです。

石田リンネ

■ご意見、ご感想をお寄せください。
《ファンレターの宛先》
〒102-8177 東京都千代田区富士見 2-13-3
株式会社KADOKAWA ビーズログ文庫編集部
石田リンネ 先生・壱子みるく亭 先生

ビーズログ文庫

●お問い合わせ
https://www.kadokawa.co.jp/（「お問い合わせ」へお進みください）
※内容によっては、お答えできない場合があります。
※サポートは日本国内のみとさせていただきます。
※Japanese text only

第《だい》一《いち》王《おう》女《じょ》ルシアの帰《き》還《かん》と華《か》麗《れい》なる快進撃《マーチ》

海の守護騎士《チェルン=ポート》との出《で》逢《あ》い

石《いし》田《だ》リンネ

2024年10月15日 初版発行

発行者　山下直久
発行　株式会社 KADOKAWA
〒102-8177 東京都千代田区富士見 2-13-3
（ナビダイヤル）0570-002-301
デザイン　永野友紀子
印刷所　TOPPANクロレ株式会社
製本所　TOPPANクロレ株式会社

ISBN978-4-04-738139-1 C0193

定価はカバーに表示してあります。

◇◇◇

ビーズログ文庫
十三歳の誕生日、
皇后になりました。
夫婦になってから始まる恋物語《シンデレラストーリー》!
シリーズ好評発売中!
月刊プリンセス(秋田書店)にてコミカライズ連載中!
石田《いしだ》リンネ
イラスト/Izumi
試し読みはここをチェック★
十三歳の誕生日、後宮入りを願い出た莉杏。しかし謁見の間にいたのは新たな皇帝となった暁月だった！「ちょうどいい」で皇后になった莉杏だが、暁月は毎晩莉杏がよく眠れるようさりげなく問題を出してくれて……!?